Carola Jürchott

MÄUSEJAGD IN DER PFALZ

Lilly, Nikolas und die verschwundenen Bronzenager

Illustrationen von Sabrina Pohle

Biber & Butzemann

Besuchen Sie uns im Internet auf www.biber-butzemann.de

Hinweis: Ausstellungen in Museen wechseln, und auch bei anderen Sehenswürdigkeiten gibt es regelmäßig Veränderungen, darum sind alle Angaben ohne Gewähr.

Für Constantin, Tatjana, die auch Melanie heißt, und Fabian

Geschwister-Scholl-Str. 7
15566 Schöneiche

1. Auflage, 2021

Bibliografische Information der Deutschen Bibliothek
Die Deutsche Bibliothek verzeichnet diese Publikation in der Deutschen Nationalbibliografie; detaillierte bibliografische Daten sind im Internet unter http://dnb.ddb.de abrufbar.

Text: Carola Jürchott
Illustrationen: Sabrina Pohle
Layout und Satz: Mike Hopf
Lektorat: Steffi Bieber-Geske, Juliane Jacobsen
Lektoratsassistenz: Kati Bieber, Nadine Bohland, Lisa-Marie Henle, Madeleine Kykillus, Josephine Matz, Marie-Christin Schaarschmidt, Paula Schwarzer, Michelle Stark
Korrektorat: Martina Bieber, Friederike Rademacher
Druck- und Bindearbeiten: Poligrafia Janusz Nowak Sp. z o.o., Polen
ISBN: 978-3-95916-059-9

INHALT

Rheinland
Pfalz
Alzey
Rhein
Die Pfalz
Bad Dürkheim
Kaiserslautern
Deidesheim
Neustadt
Hambacher Schloss
Speyer
Edenkoben
Baden-
Württemberg
Pirmasens
Trifels
Landau
Altschlossfelsen
Bad Bergzabern
F
R
Frankreich

Auf zur Mandelblüte!

„Hört mal alle her!“ Mit einem energischen Knopfdruck schaltete Mama das Radio aus, mit dem sie gerade noch ihre Lieblings-Sonntagssendung gehört hatte. Inzwischen waren Lilly und Nikolas an den Frühstückstisch gekommen, und auch Papa schaute erwartungsvoll auf.

„Ihr habt doch alle den Brief gesehen, der gestern mit der Post gekommen ist, stimmt's?“

Papa nickte lächelnd, und Lilly und Nikolas atmeten geräuschvoll aus. Ein Brief, was konnte da schon Interessantes drinstehen? Meistens lagen im Briefkasten doch nur Rechnungen oder Werbung. Genau deshalb hatten sie auch schon lange aufgehört, genauer darauf zu achten, was sie da jeden Tag, wenn sie aus der Schule kamen, aus dem Kasten neben der Tür holten und für ihre Eltern auf den Küchentisch legten. Außerdem war gestern Samstag gewesen, da holte Mama sowieso immer selbst die Post.

„Nein“, antwortete Lilly deshalb wahrheitsgemäß. „Was hätte uns denn dabei auffallen sollen?“

„Eigentlich nichts, Liebes“, meinte Mama, „es war ja ein Brief von meiner Freundin. Aber sein Inhalt interessiert euch bestimmt.“

„Ach ja, was schreibt sie denn?“, fragte nun Nikolas eher pflichtschuldig, weil ihm eigentlich nicht der Sinn nach langen Erzählungen stand.

„Sie lädt uns ein, zur Mandelblüte zu ihr zu kommen."
Oh, das war natürlich etwas anderes! Das klang schon wesentlich interessanter. „Wo wohnt sie denn?", wollte Nikolas wissen. Benny hatte ihm erzählt, dass seine Oma sich die Mandelblüte auf Mallorca angesehen hatte. „Ich wusste gar nicht, dass du eine Freundin in Spanien hast. Fahren wir mit dem Schiff, oder fliegen wir?"
„Halt, halt, nicht so schnell!", schaltete sich nun Papa ein. „Ob du es glaubst oder nicht, es gibt auch in Deutschland eine Region, in der die Mandelblüte wunderbar zu beobachten ist. Dafür brauchen wir weder ein Flugzeug noch ein Schiff. In den Osterferien fahren wir mit unserem Auto zu Melanie!"
„In Deutschland gibt es Mandelbäume? Ich dachte immer, hier ist es dafür zu kalt." Nikolas konnte es noch nicht so recht glauben, schließlich musste es ja einen Grund geben, warum die Oma seines Freundes Benny dafür extra bis nach Mallorca flog.
„In den meisten Regionen schon, aber im Südwesten Deutschlands ist das Klima um diese Zeit besonders mild, und deshalb gedeihen dort auch Mandelbäume", erklärte Mama.
„Dann fahren wir nach Baden-Württemberg?", fragte Nikolas, der in der Schule gerade die einzelnen Bundesländer im Geografieunterricht gelernt hatte und sich freute, dass er sein Wissen nun auch anwenden konnte.
„Nicht ganz", erwiderte Papa, „Mamas Freundin wohnt in Rheinland-Pfalz."
„Die Hauptstadt von Rheinland-Pfalz ist doch Mainz, oder?", erinnerte sich Nikolas.

„Ganz genau", pflichtete Mama ihm bei, „aber für uns geht es in den Osterferien nach Kaiserslautern, denn dort lebt meine Freundin Melanie. Sie hat übrigens einen Sohn in eurem Alter, Fabian. Da wird euch bestimmt nicht langweilig."

„Das ist ja toll!", freute sich Lilly. „Bestimmt kann er uns vieles zeigen, das man sonst nicht zu sehen bekommt."

„Davon bin ich überzeugt", meinte Papa lächelnd, und damit war die Reise beschlossene Sache.

Lilly überlegte gleich weiter: „Wenn wir in den Osterferien unterwegs sind, können wir ja mal wieder woanders als in unserem Garten Ostereier suchen. Mal sehen, wo sie diesmal versteckt sind! Hoffentlich finden wir sie dann trotzdem."

„Da mach dir mal keine Sorgen", beruhigte Mama sie. „Ich verspreche dir, du findest deine Ostereier diesmal in einem Garten, der viel größer und – unter uns gesagt – auch noch viel schöner ist als unserer!"

„Und ich soll eine Fotoreportage für meine Zeitung mitbringen, darum hat mir der Tourismus-Verband eine Pfalzcard zur Verfügung gestellt", ergänzte Papa. „Die kann man nirgendwo kaufen, sondern bekommt sie normalerweise nur von teilnehmenden Hotels. Damit können wir uns viele Sehenswürdigkeiten kostenlos oder zu ermäßigten Preisen ansehen!"

„Nur Sehenswürdigkeiten?", fragte Nikolas etwas zögerlich, denn eigentlich wollte er in den Ferien auch noch etwas anderes unternehmen.

„Aber nein", erwiderte Papa. „Die Pfalzcard gilt auch für bestimmte Spaßbäder und andere Einrichtungen. Wir werden euch schon nicht nur durch Museen laufen lassen!"

Nun gab es für Lilly und Nikolas kein Halten mehr, und sie konnten die Ferien und ihre Osterreise kaum noch erwarten.

EXOTISCHE OSTERN

„Uaaa!“ Laut gähnend kam Lilly die Treppe in dem hübschen Häuschen hinunter in die Küche. Die Fahrt am Tag zuvor war doch ziemlich lang und anstrengend gewesen.

„Na, ihr seid ja vielleicht Langschläfer!“, wurde sie in diesem Moment von Fabian begrüßt, der bereits im Wohnzimmer saß und gemütlich an einem Brötchen kaute. Fabian war der Sohn von Mamas Freundin Melanie, der bei ihrer Ankunft schon geschlafen hatte und nun natürlich frisch und munter war. Lilly war noch zu müde, um mit einer gebührenden Antwort zu kontern, aber dafür würde sich bestimmt auch später noch eine Gelegenheit ergeben. Jetzt griff sie erst einmal nach einem Brötchen, bestrich es mit Butter und Melanies selbst gemachter Erdbeermarmelade und biss ebenfalls genüsslich hinein.

Endlich kam auch Nikolas die Treppe herunter. Er war allerdings schon fix und fertig angezogen und sah die anderen auffordernd an: „Nanu, weiter seid ihr noch nicht? Ich denke, wir wollen in einem riesengroßen Garten Ostereier suchen? Da müssen wir doch früh anfangen, sonst schaffen wir es nicht!“

In diesem Moment kam Melanie aus der Küche zurück, wo sie für Lilly und Fabian Kakao gemacht hatte.

„Einen wunderschönen guten Morgen!“, sagte sie zu Nikolas und fügte gleich darauf hinzu: „Ihr werdet sogar an zwei verschiedenen

Stellen etwas suchen gehen. Zuerst in dem großen Garten und dann auf dem Gartenschau-Gelände. Übrigens – was heißt hier: Weiter seid ihr noch nicht? Eure Eltern sind schon lange unterwegs. So eine Osterwanderung muss ja auch vorbereitet werden."

Bei diesen Worten war Lilly aufgesprungen, hatte noch im Stehen ihren Kakao hinuntergestürzt und war die Treppe hinaufgerannt, um sich anzuziehen. Wenige Minuten später war sie wieder unten, und die Kinder zogen sich im Flur ihre Schuhe an.

Melanie war ehrlich erstaunt: „Na, ihr seid ja schneller, als die Polizei erlaubt! Da will ich mich mal auch beeilen, damit ihr nicht etwa noch auf mich warten müsst! Komm, Fabian, wir helfen unseren Gästen bei der Eiersuche!"

Kurz darauf machten sie sich auf den Weg und standen wenig später vor einer großen Steinstatue. „Das ist ja ein Buddha", stellte Nikolas überrascht fest.

„Ganz recht", ertönte nun aus einem Seitenweg Papas Stimme. „Schön, dass ihr uns gleich gefunden habt! Wisst ihr denn nun, wo wir hier sind?"

Fabian hüpfte von einem Bein aufs andere und rief: „Ich weiß es, ich weiß es!"

„Psst, nicht verraten!", ermahnte ihn Melanie. „Dass du das weißt, ist klar. Aber ich möchte zu gern wissen, ob Lilly und Nikolas auch darauf kommen."

„Ja, klar", meinte Lilly. „Ich habe gestern schon das Schild an der Autobahn gelesen. Es war braun mit weißer Schrift, wie immer, wenn Sehenswürdigkeiten in der Nähe angekündigt werden."

„Donnerwetter, da hast du ja wirklich gut aufgepasst“, bemerkte Mama.
Nun konnte es Nikolas nicht mehr aushalten: „Na los, spann uns nicht so auf die Folter! Was stand auf dem Schild? Mein Fenster war ja auf der anderen Seite, da konnte ich nur die Schilder mit der jeweiligen Höchstgeschwindigkeit sehen.“
Lilly freute sich, weil sie ihrem Bruder etwas voraushatte, und sagte fröhlich: „Auf dem Schild stand: *‚Japanischer Garten‘*.“
„Echt? Ein japanischer Garten – mitten in Deutschland?“
„Ganz genau“, bestätigte Melanie, und Mama fügte hinzu: „Es ist sogar der größte japanische Garten in Europa, und mit unserer Pfalzcard müssen wir nicht einmal Eintritt bezahlen.“
„Das ist ja cool“, freute sich Lilly nun, doch dann kam ihr plötzlich ein Gedanke: „Aber dürfen wir denn hier auch Ostereier suchen?“
Papa nickte. „Ausnahmsweise. Wir bewegen uns ja nur auf den gekennzeichneten Wegen und tun den Pflanzen nichts zuleide. Schaut einfach sehr aufmerksam unter die Bäume und Sträucher, die direkt am Wegrand stehen und die ihr von dort aus erreichen könnt. Deshalb waren Mama und ich schon so früh auf den Beinen. Irgendjemand musste doch schließlich aufpassen, dass kein anderer eure Ostereier findet!“
Daran hatte Lilly noch gar nicht gedacht. „Aber ehe es losgeht, schaut euch ruhig den Buddha noch etwas genauer an!“, bat Mama. „Er ist nämlich wirklich etwas Besonderes. Er ähnelt einem Buddha in der japanischen Stadt Kamakura und gilt als Verkörperung der Weisheit. Die dortige Statue ist allerdings viel größer.“

„Hat der aber große Ohren", platzte Nikolas heraus.
„Gut beobachtet", sagte Papa, während er die ersten Fotos dieser Reise machte.
Mama erklärte: „Die langen Ohrläppchen sind ein Symbol für Glück und im Buddhismus eines von mehreren Zeichen für die Erleuchtung."
„Ich weiß nicht, ob mir Erleuchtung so gut stehen würde", sagte Lilly lachend. Dann ging sie mit Nikolas und Fabian auf Eiersuche. Als jeder ein Körbchen gefunden hatten, kehrten sie zu ihren Eltern zurück.
„Puh!" Lilly musste erst einmal verschnaufen, weil sie beim Rennen mit den Jungs ganz schön aus der Puste gekommen war. „Hier sind die Wege aber verschlungen", sagte sie.
„Ja", erwiderte Mama, „das hat eine tiefere Bedeutung, wie alles in einem japanischen Garten. So dachte man früher in Japan, dass böse Geister immer gerade Wege gehen. Deshalb hat man in den Gärten die Wege stets krumm angelegt und mit Stolpersteinen versehen."
„Ah, um böse Geister abzuwehren. Das scheint ja funktioniert zu haben", stellte Nikolas gut gelaunt fest.
„Stimmt", sagte Fabian grinsend, „uns sind zumindest keine begegnet!"
Sie liefen noch eine Weile durch den Garten, und Melanie freute sich, dass die Kamelien bereits zu blühen angefangen hatten. Anschließend kaufte Mama noch kleine, japanisch anmutende Souvenirs, und bald darauf standen alle wieder auf einer ganz normalen deutschen Straße.

„Hattet ihr nicht gesagt, wir können an zwei Stellen etwas suchen?“, fragte Lilly erwartungsvoll.
„Ganz recht“, antwortete Papa, aber Mama meinte: „Vielleicht sollten wir erst einmal etwas essen gehen.“ Die Idee gefiel auch Papa: „Ja, ich wollte schon immer mal den echten Pfälzer Saumagen probieren!“ Dass das in dieser Gegend ein typisches Fleischgericht war, hatten Lilly und Nikolas schon von Fabian gehört, aber sie waren trotzdem froh, dass auf der Speisekarte des Restaurants auch Spaghetti standen. Und so waren alle zufrieden und ließen es sich schmecken.
Anschließend sagte Melanie: „Und jetzt gehen wir zum ehemaligen *Gartenschau-Gelände*!“
„Schon wieder ein Garten?“ Es war Nikolas anzusehen, dass er nicht ganz verstand, was daran so toll sein sollte, aber Fabian munterte ihn auf: „Keine Angst, so heißt nur das Gelände, weil dort vor vielen Jahren mal eine Gartenschau stattgefunden hat. Jetzt ist es aber etwas ganz Tolles!“
„Was denn?“, wollte nun auch Lilly wissen, doch Fabian legte geheimnisvoll seinen Zeigefinger auf die Lippen und meinte: „Das wird nicht verraten!“

Besuch in der Urzeit

Weil Melanie den kürzesten Fußweg zum Gartenschau-Gelände kannte, kamen sie schnell dort an. Doch schon am Eingang beschlichen Lilly erste Zweifel. „Seid ihr sicher, dass wir hier richtig sind? Das sieht eher nach einem Naturkundemuseum aus."

„Du meinst, wegen des Dinosaurier-Eies?", fragte Melanie. „Das ist aus Stein, aber ganz unrecht hast du mit der Naturkunde nicht!"

Das wurde ja immer rätselhafter! Zum Glück hatten sie mit der Pfalzcard auch hier freien Eintritt, sodass sie sich nicht erst lange an der Kasse anstellen mussten.

„Komm, ich zeig dir alles!", rief Fabian Nikolas zu, und schon stürmten die beiden los. Lilly hatte Mühe hinterherzukommen, wollte aber auf keinen Fall den Anschluss verlieren. Plötzlich blieb sie wie angewurzelt stehen. „Schaut mal, ein Jurassic Park in der Pfalz!", rief sie

den beiden Jungs zu, aber diese beeilten sich nicht besonders, zu ihr zu kommen. Wie seine Schwester erinnerte sich auch Nikolas daran, dass sie schon an anderen Orten Dinosaurier gesehen hatten, und Fabian wusste ja ohnehin, was sie erwartete.

„Die laufen uns schon nicht weg“, meinte er.

Nikolas fügte hinzu: „Außerdem sehen sie doch ganz friedlich aus.“

„Nicht alle“, erwiderte nun Lilly, die schon die großen Tafeln mit den Erklärungen gelesen hatte. „Immerhin waren da ja auch Raubtiere dabei. Aber die Saurierfamilie da hinten finde ich richtig niedlich.“

„Ja, der Triceratops gefällt mir auch mit am besten“, stimmte Fabian ihr zu.

Inzwischen waren auch ihre Eltern an der Saurierwiese angekommen.

„Papa, machst du bitte Fotos von uns, sodass wir unseren Freunden zeigen können, wie groß die Saurier wirklich waren?“, bat Lilly. Das ließ sich Papa natürlich nicht zweimal sagen, denn wo konnte man sonst schon einmal so ungewöhnliche Familienfotos schießen?!

„Sagt mal, habt ihr nicht etwas vergessen?“, fragte Melanie, als das Fotoshooting beendet war, und alle sahen sie verwundert an. Da schlug sich Fabian an die Stirn!

„Na eben“, rief er. „Ihr solltet doch hier auch noch etwas suchen!“

Wie hatten sie das nur vergessen können! Da es inzwischen schon ziemlich spät geworden war und sie noch mehr vorhatten, gab Papa ihnen einen Tipp: „Ich würde es mal in der Nähe des Mammuts versuchen und mich nicht darauf verlassen, dass es noch ein Osterei ist!"

Sofort flitzten die Kinder los. Kurze Zeit später kamen sie mit einem dicken Umschlag zurück, auf dem „Für Lilly und Nikolas" stand.

„Ist es das?", fragten sie ihre Eltern.

„Ganz genau", erwiderte Papa, und Mama fügte hinzu: „Eure Osterkörbchen habt ihr ja schon im *Japanischen Garten* gefunden."

„Ich hatte mich schon gewundert, dass wir zweimal suchen sollten", meinte Nikolas.

Lilly drängelte: „Nun mach endlich den Umschlag auf!" Auch Fabian wollte nun unbedingt wissen, was darin wohl versteckt war.

Nikolas riss den Umschlag auf und zog ein Heft heraus. „Pfalzcard. Die Gästekarte für Ihren Pfalz-Urlaub" stand auf dem Titelbild. Lilly überlegte. „Die Pfalzcard haben wir doch schon. Wir benutzen sie ja die ganze Zeit."

„Das stimmt“, sagte Papa. „Aber heute waren wir ja auch nur hier in der Stadt unterwegs. In diesem Heft finden wir alle Ausflugsziele, die wir mit der Pfalzcard besuchen können. Dann setzen wir uns heute Abend zusammen, und jeder kann sagen, was er am liebsten sehen möchte. Was haltet ihr davon?“

„Ich finde, das ist eine gute Idee“, pflichtete Mama bei.

Melanie schlug vor: „Vielleicht kann euch Fabian ja helfen. Er kennt sich hier gut aus und kann euch bestimmt auch noch ein paar Tipps geben.“

„Au ja“, rief Nikolas. „Vielleicht kann er dann ja auch mitkommen. Er hat doch auch gerade Ferien und will sich bestimmt nicht zu Hause langweilen.“

„Ich bin sicher, da wird sich ein Weg finden“, versprach Papa, und Melanie sah ihn dankbar an. Sie hatte gehofft, dass Fabian den einen oder anderen Ausflug mitmachen könnte, weil sie kurzfristig für eine erkrankte Kollegin einspringen und die ganzen Ferien über arbeiten musste.

Bevor sie das Gartenschau-Gelände verließen, sahen sich Mama und Melanie noch die Blumenhalle an, und Papa machte mit den Kindern einen Abstecher in die Lego-Ausstellung, in der man das Stadtwappen und das Rathaus von Kaiserslautern, aber auch Tiere wie einen Roten Panda, einen Papagei, einen Osterhasen und einen ganzen Rummel aus Lego-Steinen bewundern konnte.

ELF FREUNDE UND DAS RUNDE LEDER

Auf dem Heimweg bat Fabian seine Mutter: „Kann ich Lilly und Nikolas noch etwas zeigen? Bitte! Es ist doch noch nicht spät." Melanie hatte nichts dagegen. Auch Mama und Papa vertrauten darauf, dass der Junge bestimmt wusste, wie sie nach Hause kämen, deshalb stimmten sie zu.

Nachdem die Kinder eine Weile unterwegs gewesen waren, rief Nikolas: „Seht mal, da drüben auf der Wiese läuft gerade ein Fußballspiel! Wollen wir ein bisschen zuschauen?"

„Na dann, viel Vergnügen!", sagte Fabian, ließ sich aber nichts weiter anmerken.

Als sie etwas näher kamen, sahen Lilly und Nikolas, was er gemeint hatte: Die Fußballspieler waren keine Menschen, sondern Skulpturen, die von einer Künstlerin gestaltet worden waren.

„Diese Figuren wurden hier 2006 aufgestellt, als in Deutschland die Fußball-Weltmeisterschaft stattfand. Kaiserslautern war einer der Austragungsorte der Vorrundenspiele und eines Achtelfinales, und als Erinnerung an die Mannschaften, die damals hier waren, tragen die Skulpturen symbolisch ihre Trikots."

„Ich dachte immer, solche wichtigen Meisterschaften würden nur in großen Städten stattfinden", überlegte Lilly.
Uuups, da hatte sie wohl etwas zu laut nachgedacht, denn nun war Fabian fast schon beleidigt. „Na, hör mal", entgegnete er. „Kaiserslautern hat eine ganz lange Tradition im Fußball. Der 1. FC Kaiserslautern ist schon weit über hundert Jahre alt und mehrfacher Deutscher Meister. Der Mannschaftskapitän der ersten deutschen Mannschaft, die jemals Weltmeister geworden ist, kam auch von hier. Er hieß Fritz Walter, und unser Fußballstadion trägt heute seinen Namen. Kommt, ich zeige euch noch etwas."
Sie gingen unter einer Brücke hindurch und sahen in der Mitte eines Kreisverkehrs noch mehr Fußballerfiguren. Diese hatten aber alle die gleiche Kleidung an und standen in einem Halbkreis auf dem Rasen.
„Elf Freunde", las Lilly.
„Genau eine Mannschaft", ergänzte Nikolas.
„Das soll unser 1. FC Kaiserslautern sein", erklärte Fabian. „Wenn ihr euch die Farbe der Trikots anseht, wisst ihr auch gleich, warum die Mannschaft scherzhaft ‚Rote Teufel' genannt wird. Eigentlich sollte das heißen, dass sie teuflisch gut ist, aber inzwischen ist der Teufel auch ihr Maskottchen."
„Das ist ja interessant", fand Lilly.
Fabian fuhr fort: „Wenn ihr wollt, zeige ich euch noch einen Ort, der typisch für Kaiserslautern ist. Eigentlich hat er nichts mit Fußball zu tun, aber trotzdem findet man dort einen Ball."
„Kommen wir dann nicht zu spät nach Hause?", wollte Lilly wissen.

„Aber nein, es ist gar nicht weit von hier“, beruhigte Fabian sie.

Die Kinder machten sich wieder auf den Weg, und kurze Zeit später sahen sie einen großen Brunnen. Keinen, aus dem man mit einem Eimer Wasser schöpfen konnte, sondern einen Springbrunnen mit vielen verschiedenen Figuren.

Lilly und Nikolas wussten gar nicht, wohin sie zuerst schauen sollten. Da gab es einen Fisch mit geflochtenen Zöpfen – Fabian erzählte ihnen, dass der Hecht das Wappentier der Stadt sei –, eine Eule auf Rädern und zwei Esel, die ebenfalls höchst untypische Frisuren hatten. Auf der anderen Seite war ein Bienenkorb zu sehen, ein Pferd, auf das man klettern konnte, und ein Kleid und ein Anzug, die hinten offen waren, sodass man sich in sie hineinstellen und sich in der ungewöhnlichen Kleidung aus Metall fotografieren

lassen konnte. Über all dem thronten zwei Männer mit einer Krone.
„Das ist unser *Kaiserbrunnen*", erzählte Fabian.
„So etwas habe ich ja noch nie gesehen", meinte Nikolas. „Hier gibt es ja die sonderbarsten Wesen und technischen Geräte. Ist der Brunnen schon sehr alt?"
„Nein", antwortete Fabian. „Der Bildhauer, der ihn geschaffen hat, lebt sogar noch. Er heißt Gernot Rumpf und ist in der ganzen Pfalz bekannt. In vielen Orten gibt es Brunnen von ihm."
„Jetzt weiß ich, was du uns zeigen wolltest", rief Lilly dazwischen und deutete auf eine kleine Bronzekugel.
„Ganz genau, das ist ein Fußball mit dem Autogramm von Fritz Walter. Gernot Rumpf hat in diesem Brunnen versucht, alles zu verewigen, was für die Geschichte unserer Stadt von Bedeutung ist. Da durfte der Fußball natürlich nicht fehlen."
„Was sind denn das für seltsame Tiere?", wollte Nikolas nun wissen. Er zeigte auf etwas, das einen Schnabel und geflochtene Zöpfe hatte und mit Stielaugen aus einem Sack heraussah.
„Das sind Elwetritsche", erwiderte Fabian ungerührt, und es schien ihn überhaupt nicht zu stören, dass ihn seine neuen Freunde verwirrt ansahen.
„Das sind – bitte was?", fragte Nikolas.
„Elwetritsche", wiederholte Lilly das unbekannte Wort, „auch wenn ich keine Ahnung habe, was das sein soll."
Fabian hatte beschlossen, sie noch ein wenig zappeln zu lassen. „Darüber erzähle ich euch in den nächsten Tagen mehr", verkündete er. „Für heute reicht es, wenn ihr wisst, dass sich an den Brunnen

von Gernot Rumpf immer auch ein kleines Mäuschen befindet. Das ist sozusagen sein Markenzeichen, und es macht immer großen Spaß, danach zu suchen, weil er es manchmal recht gut versteckt hat. Hier ist es zum Glück ganz einfach zu finden. Seht ihr, dort drüben!“ Er wies mit der rechten Hand auf einen Bronzesockel und erstarrte mitten in der Bewegung. Er nahm seine Brille ab, putzte sie umständlich und setzte sie wieder auf.

„Nanu, wo ist denn das Mäuschen geblieben?“, sagte er nun mehr zu sich selbst als zu den anderen. „Das müsste doch genau dort sitzen.“

„Vielleicht hast du dich ja geirrt, und es ist doch woanders?“ Lilly ging näher an die Stelle heran, auf die Fabian noch immer deutete.

Er schüttelte den Kopf. „Ich kenne diesen Brunnen, solange ich denken kann, und das Mäuschen war immer da. Ich kann mir überhaupt nicht vorstellen, warum es auf einmal weg sein sollte.“

„Na, komm schon!“ Nikolas knuffte ihn freundschaftlich in den Arm. „Wir gehen jetzt nach Hause. Vielleicht kannst du uns ja das Mäuschen an einem der anderen Brunnen zeigen, in Ordnung? Jetzt müssen wir auf jeden Fall zurück, sonst machen sich unsere Eltern Sorgen, und wenn wir Pech haben, kommen wir zu spät zum Abendbrot.“

Das wollten sie auf keinen Fall riskieren, und deshalb bogen sie sofort in die Straße ein, die zu Fabians und Melanies Haus führte. „Schön, dass ihr wieder da seid“, begrüßte sie Melanie, wuschelte ihrem

Sohn durch die dunklen Struwwelhaare und bedeutete ihnen, ins Wohnzimmer zu kommen.

Dort saß Mama bereits über ein Pfalzcard-Heft gebeugt und schrieb etwas in ihr Notizbuch. „Gut, dass ihr kommt“, sagte nun auch sie, „dann können wir gleich besprechen, was wir morgen machen.“

„Aber wir haben doch noch gar nicht in das Heft schauen können“, meinte Nikolas. Lilly nickte zustimmend.

„Da habt ihr recht, aber ich denke, das hat auch noch einen Tag Zeit. Morgen ist doch Ostermontag, da haben die Museen und auch die anderen Einrichtungen sicher geschlossen. Deshalb habe ich schon mal überlegt, was wir stattdessen machen können. Was haltet ihr davon, wenn wir uns einen alten Stollen ansehen?“

„Gibt es denn hier auch Bergwerke?“, wollte Lilly wissen.

„Ja, aber einen solchen Stollen meine ich diesmal nicht. Wenn ihr wollt, gehen wir in einen Brunnenstollen.“

„Das finde ich spannend“, warf Nikolas ein.

„Na, da bin ich ja froh“, erwiderte Mama. „Ich habe nämlich, während ihr weg wart, schon mit Frau Vogel telefoniert. Sie wird uns morgen den Brunnenstollen und die *Burg Lemberg* zeigen. Lemberg liegt übrigens am Pfälzerwald, einem der größten Waldgebiete Deutschlands.“

EIN WANDERTAG IN DER PFALZ

Am nächsten Morgen brachen die beiden Familien nach einem gemütlichen Frühstück auf. Von ihrer Entdeckung am *Kaiserbrunnen* hatten die Kinder noch nichts erzählt, aber die Vorstellung, dass das Mäuschen tatsächlich fehlen könnte, hatte ihnen keine Ruhe gelassen. Sie wollten der Sache unbedingt auf den Grund gehen und hatten abends im Bett auch schon einen Plan entwickelt, wie sie das anstellen würden.

Vorerst aber liefen sie mit den Eltern durch die Anlagen der *Burg Lemberg*, die schon 800 Jahre alt waren. Sie sahen die Überreste der alten Gebäude und lasen auf einem Schild, dass dort früher einmal die Schmiede der Burg gewesen war. Die Burgführerin Anke Vogel zeigte ihnen den Stollen, in dem man sogar ein Stück unter der Erdoberfläche laufen konnte.

Sie erklärte ihnen auch den Unterschied zwischen einem Brunnen und einer Zisterne: „In einer Zisterne wird Wasser gesammelt, Regenwasser zum Beispiel, und aus einem Brunnen kann man das Grundwasser schöpfen. Als der Brunnen gebaut wurde, stießen die damaligen Arbeiter sehr lange nicht auf Grundwasser. Deshalb entschied man, einen waagerechten Stollen zu bauen, der das Oberflächenwasser einer Quelle in den Brunnen leiten sollte. Es war ein Wunder, dass das zu dieser Zeit überhaupt funktioniert hat, denn die technischen Möglichkeiten, um ein solches Bauwerk zu planen, waren ja ganz andere als heute. Gebaut wurde damals nach einer Regula. Das war ein festgelegter Maßstab. Sonst hätte man sich nie auf ein und dasselbe Maß einigen können, denn die Handwerker waren ja fahrende Gesellen, und in jeder Gegend galt ein anderes Maß."

„Ist denn ein Meter nicht überall ein Meter?", wollte Nikolas wissen.

„Heute schon", antwortete Frau Vogel freundlich, „aber damals hatte man ganz andere Maßeinheiten, die sich häufig nach den Körperteilen der Menschen richteten. So gab es den Daumenbreit, die Hand ohne Daumen, die Handspanne, den Fuß und die Elle. Allein die Länge eines Fußes konnte in verschiedenen Regionen Deutschlands um mehrere Zentimeter voneinander abweichen. Dass hier nicht nur Handwerker aus der Pfalz gearbeitet haben, wissen wir. So haben wir am Grund des Brunnens zum Beispiel Steinmetzzeichen aus dem Elsass gefunden. Das gehört heute zu Frankreich und grenzt an die Pfalz."

„Das muss ja wirklich eine anstrengende Arbeit gewesen sein, wenn hier das Gestein von Hand herausgeschlagen wurde", überlegte Papa.

„Oh ja", stimmte Anke Vogel zu. „Sie haben ja schon auf der Informationstafel am Eingang gesehen, dass das Brunnensystem ein fast 100 Meter tiefer senkrechter Schacht ist, auf den bei etwa 60 Metern Tiefe im rechten Winkel der 131 Meter lange Seitenstollen trifft, dessen Eingang sich an der Erdoberfläche befindet. Allein für diesen Seitenstollen waren vermutlich mindestens drei Jahre Bauzeit erforderlich, und die Brunnenbauer schliefen sogar im Stollen. Doch auch später hatte man mit den Brunnen noch viel Arbeit. Sie mussten ja regelmäßig geputzt werden. Daher stammt auch die Redewendung ‚Der schafft ja wie ein Brunnenputzer', die sich bei uns bis heute erhalten hat."

„Was bedeutet das denn?", wollte Lilly wissen.

„Das heißt, dass jemand ohne Pause schuftet, bis die Arbeit getan ist", erklärte Frau Vogel ihr. „‚Schaffen' sagt man hier, wenn man ‚arbeiten' meint, und die Brunnenputzer mussten immer schnell mit ihrer Arbeit fertig werden. Immerhin konnte in so einem Brunnen der Sauerstoff schnell knapp werden, und in dem feuchten Klima gediehen Pilze und Bakterien besonders gut. Das machte die Arbeit der Brunnenputzer gefährlich, und sie waren bestrebt, die Stollen so schnell wie möglich zu verlassen."

Als sie wieder an die Oberfläche zurückgekehrt waren, sagte Anke Vogel noch: „Wenn Sie die Pfalz erkunden wollen, sollten Sie sich unseren Grand Canyon nicht entgehen lassen."

Nun sah selbst Fabian verwundert drein. Der Grand Canyon war doch in Amerika, oder?

Nein, wie sich herausstellte, befanden sie sich tatsächlich in der Nähe eines Gebiets, das seinem großen Vorbild ziemlich ähnlich sah: der *Altschlossfelsen*. Frau Vogel gab ihnen den Tipp, dass man dort herrlich wandern könnte. „Es handelt sich dabei um ein Naturdenkmal aus Buntsandstein, eine Felsformation von anderthalb Kilometern Länge und einer durchschnittlichen Höhe von bis zu 35 Metern. Das sollten Sie sich nicht entgehen lassen."

Sie fuhren also nach Eppenbrunn, wo der Wanderweg seinen Anfang nahm. Dort aßen sie Mittag und liefen dann in Richtung der Felsen, die in unterschiedlichen Formen und Farben vor ihnen aufragten. Man konnte genau die einzelnen Gesteinsschichten erkennen.

Anke Vogel hatte ihnen noch erzählt, dass hier schon die Kelten unterwegs gewesen waren und den Abrieb von den rötlichen Felsen für ihre Gesichtsbemalung und sogar als Medizin benutzt hatten. Auch eine Straße der Römer führte hier damals vorbei: die alte Salzstraße zwischen Metz, das heute in Lothringen in Frankreich liegt, und dem Rhein. Wenn man ganz genau hinsah, konnte man in den Felsen sogar noch Vertiefungen erkennen, an denen die Römer Station gemacht haben sollen und die den Kelten als Schlafplatz gedient haben.

„Woher kommt eigentlich der Name ‚Altschlossfelsen'?“, fragte Lilly. „Ich habe hier weit und breit kein Schloss gesehen.“

„Dann sieh einmal ganz genau hin“, erwiderte Mama, die sich mit Melanie zusammen auf der Fahrt nach Eppenbrunn im Internet informiert hatte. „Es gibt hier vier Türme, die auf eine alte Burg oder eben ein Schloss hindeuten. Wozu der erste Turm gedient hat, ist unbekannt, der zweite Turm war der Eingang, im dritten Turm befand sich die Zisterne, und der vierte Turm wird mit den Überresten eines Palas in Verbindung gebracht – so hießen die Wohnräume einer Burg. Diese hat wahrscheinlich vor mehr als 700 Jahren hier gestanden, doch man weiß nichts Genaues, weil es nichts Schriftliches gibt. Vielleicht wurde sie sogar von Kaiser Barbarossa zerstört.“

„Den kennen wir doch schon“, fiel Nikolas ein.

„Dem alten Rotbart seid ihr hier also auch begegnet?“, erkundigte sich Papa, der natürlich wusste, dass „Barbarossa“ die italienische Bezeichnung für „Rotbart“ war.
„Ja, der war gestern am *Kaiserbrunnen* dabei“, sagte Fabian, und ihm fiel ein, dass er das seinen neuen Freunden am Tag zuvor gar nicht erzählt hatte.
„Nein, den kennen wir von unserem Urlaub am Kyffhäuser und im Westharz“, erklärte Lilly, die sich lebhaft an die Sage vom Kaiser, der in der Höhle schlief und eines Tages wiederkehren würde, erinnerte.
„Ich habe ihn am Brunnen gar nicht erkannt. Da gab es so viel zu entdecken“, stellte Nikolas fest. Nur eines hatte gefehlt – das Mäuschen.
Auf einmal hatten es die drei Kinder sehr eilig, wieder in die Stadt zu kommen, und so nahmen sie den Grenzstein, an dem sie auf dem Weg zurück zum Auto vorbeiliefen, nur aus den Augenwinkeln wahr.
„Halt, halt“, rief Mama sie zurück. „Ihr könntet wenigstens einen Augenblick innehalten, wenn ihr eine Grenze passiert! Seid froh, dass das heute so einfach ist!“
„Eine Grenze?“, staunte Lilly. „Ich habe gar nicht gemerkt, dass wir Deutschland verlassen haben.“
„Siehst du“, sagte Papa. „Dieser Wanderweg führt auch ein kleines Stück nach Frankreich hinein, deshalb kannst du die Buchstabenkennungen der beiden Länder an diesem Stein hier lesen. DE steht auf der deutschen Seite und FR auf der französischen. D steht für Deutschland und E für Eppenbrunn, F für Frankreich und R für

Roppeviller. Das sind jeweils die nächstgelegenen Orte."

Das war es tatsächlich wert, einen Moment stehen zu bleiben, aber nun wollten die Kinder weiter. Schließlich hatten sie noch etwas sehr Wichtiges vor.

Als sie wieder an Melanies Haus angekommen waren, fragten sie deshalb gleich, ob sie noch ein wenig durch die Stadt schlendern dürften.

„Seid ihr denn noch nicht müde von unserem Wandertag?", wunderte sich Mama.

„Nööö!", beteuerten die drei wie aus einem Munde, und kaum hatte Mama zustimmend genickt, waren sie auch schon verschwunden.

Natürlich liefen sie auf direktem Weg zum *Kaiserbrunnen*. Fabian hatte den anderen beiden inzwischen Fotos gezeigt, wie das Mäuschen aussehen müsste, das sie suchten, und nun wollten alle gemeinsam nachsehen, ob er sich am Abend zuvor nicht getäuscht hatte.

Wieder und wieder liefen sie um den Brunnen herum, betrachteten die Nähmaschine, den Napoleonhut und die vielen seltsamen Wesen, die ihnen nun schon fast vertraut vorkamen, doch von dem

Mäuschen fehlte jede Spur. Nicht einmal Barbarossa, der Rücken an Rücken mit dem Kaiser Rudolf von Habsburg hoch über allen anderen Figuren thronte und statt des Reichsapfels einen Fisch in der linken Hand hielt, konnte ihnen bei der Suche danach helfen.

„Habt ihr gestern eigentlich schon das coole Graffiti da drüben gesehen?“, fragte Lilly plötzlich.

„Du meinst die schwarze Katze?“, wollte Fabian wissen.

„Ja, ganz genau.“

„Die muss neu sein, zumindest habe ich sie hier noch nie gesehen. Aber für unsere Suche nach dem Mäuschen spielt die wahrscheinlich keine Rolle, also lasst uns lieber überlegen, wie wir damit weiterkommen.“

„Dann sollten wir uns für morgen eine Sehenswürdigkeit in einem Ort aussuchen, der auch einen dieser Brunnen hat, was meint ihr?“, schlug Nikolas vor. „So verbinden wir das Angenehme mit dem Nützlichen. Wir lernen noch mehr von der Pfalz kennen, und Fabian kann uns endlich die berühmten Mäuse zeigen.“

Damit waren alle einverstanden, und so machten sie sich auf den Rückweg, denn zu Hause wartete Melanie schon mit einem großen Topf Linsensuppe auf sie.

BADEWANNEN VOLL WEIN

Am nächsten Morgen war Melanie schon zur Arbeit gegangen, als alle anderen gemeinsam am Frühstückstisch saßen.

„Na", fragte Mama, „habt ihr euch schon überlegt, was wir heute mit unserer Pfalzcard machen wollen?"

Die Antwort war zunächst einmal betretenes Schweigen. Die drei Kinder hatten am Abend zuvor so lange im Internet gesucht, in welchen Orten sich Brunnen von Gernot Rumpf befanden, dass sie das kleine Heftchen darüber ganz vergessen hatten. Um ihre Eltern nicht zu enttäuschen, nannte Nikolas deshalb die erste Sehenswürdigkeit, die ihm einfiel, weil er sie beim kurzen Durchblättern am ersten Tag gesehen hatte:

„Das *Sea Life*." Das Aquarium kannte er aus Berlin und anderen Städten, und dass es dort immer etwas zu sehen und zu erleben gab, war sicher.

Lilly nickte zustimmend, und Fabian sagte: „Das ist wirklich eine gute Idee. Das ist in Speyer. Da wollte ich schon lange mal hin." Von den Eltern unbemerkt, zwinkerte er dabei Lilly und Nikolas zu.

Auch Papa war mit diesem Vorschlag einverstanden. „Speyer ist eine sehr alte Stadt mit einem berühmten Dom. Außerdem gibt es dort ein Museum, das zwar nicht im Programm der Pfalzcard enthalten ist, das ich euch aber trotzdem unbedingt zeigen möchte."

Die Gesichter der Geschwister wurden etwas länger. Ein Museum? Musste das wirklich sein? Sie versuchten aber, sich nichts anmerken zu lassen. Dass Fabian hinter Papas Rücken einen Daumen nach oben gehalten hatte, spielte dabei sicher auch eine Rolle. Papa tat so, als hätte er von all dem nichts bemerkt, und nur Mama entging das Lächeln nicht, das für einen Moment seine Mundwinkel umspielte.

Schon von Weitem sahen sie die roten Türme und grünen Dächer des *Doms zu Speyer*, und während sie dem alten Gemäuer immer näher kamen, sagte Mama versonnen: „Stellt euch das mal vor, das ist die größte erhaltene romanische Kirche der Welt."

„Heißt das nicht ‚römisch'?", wollte Nikolas wissen.

„Nein, das ist etwas anderes", erklärte ihm Mama. „Die Romanik war ein Baustil vor ungefähr tausend Jahren. Man erkennt ihn an den dicken Wänden und den runden Bögen im Gemäuer." Inzwischen standen sie direkt vor dem großen Portal aus Bronze, auf dem viele Reliefs zu sehen waren.

„Dann ist der Dom ja schon richtig alt", überlegte Lilly.

„Das kannst du laut sagen", erwiderte Nikolas.

Fabian ergänzte: „Deshalb wird er ja auch besonders geschützt."

„Stimmt", sagte Mama. „Die UNESCO, die internationale Organisation für Bildung, Wissenschaft, Kultur und Kommunikation, hat ihn zum Weltkulturerbe erklärt. Allerdings sind die Portale viel neuer, weil die ursprünglichen Türen verloren gegangen sind. Man weiß nicht einmal, wie sie ausgesehen haben. Dafür gibt es hier sogar schon an der Fassade eine Besonderheit. Schaut mal ein wenig nach oben. Links vom Portal, da, wo der Bogen anfängt, seht ihr den Brezelbu."

Papa hob Lilly hoch, damit sie die kleine Figur besser sehen konnte.

„Er hat ja sogar eine Brezel in der Hand!", rief sie und freute sich, dass sie das besser erkennen konnte als alle anderen.

„Diese Fassade wurde erst vor etwa 170 Jahren gebaut", erzählte Mama, „und diese Figur stellt einen Mann dar, der damals hier seine Brezeln verkauft hat."

„Ist das das Museum, das du uns zeigen wolltest?", fragte Nikolas nun Papa.

Doch dieser schüttelte den Kopf und meinte geheimnisvoll: „Nein, aber glaube mir, das Museum ist auch etwas ganz Besonderes."

„Du meinst, wir gehen nicht in den Dom?" Damit hatte Mama nun gar nicht gerechnet.

„Müssen wir?", fragten Lilly und Nikolas wie aus einem Munde.

„Na, wenn ich euch so ansehe, kann ich mir schon denken, dass ihr keine große Lust dazu habt. Andererseits ist dieser Dom so bedeutend, dass ich gern einmal einen Blick hineinwerfen würde", sagte Mama.

„Dann mach das doch einfach!" Papa hatte die rettende Idee. „Wenn du nichts dagegen hast, erkunden wir vier solange die Fußgängerzone. Es wäre doch gelacht, wenn wir nicht irgendwo auch um diese Tageszeit schon ein Eis bekämen, was? Wir treffen uns danach wieder hier, am *Domnapf*."

„Am *Domnapf*?", fragte Nikolas zurück.

Papa zeigte auf ein großes, steinernes Becken.

„Ich dachte erst, das ist ein Taufbecken", meinte Lilly. „Aber das würde ja in der Kirche stehen und nicht draußen, also kann das schon mal nicht sein. Dann kann es nur ein Brunnen sein, oder?"

„Nein", erwiderte Papa, „lest doch mal! Hier steht, dass hier immer der Festzug für einen neugewählten Bischof endete, wenn er die Stadt betrat. Zu diesem festlichen Anlass wurde der Domnapf für das Volk mit 1580 Litern Wein gefüllt."

„Das ist ja eine riesige Menge“, ließ sich nun auch Fabian vernehmen. „Wie viele Flaschen das wohl sein mögen?“
„Mehr als zweitausend“, sagte Mama, die im Kopfrechnen die Beste in der Familie war.

Papa fügte hinzu: „Oder etwas mehr als zehn normale Badewannen, komplett mit Wein gefüllt."

Das war selbst für Fabian, der ja in der Weingegend aufgewachsen war, geradezu unvorstellbar.

Um diese sagenhafte Information zu verdauen, gingen sie erst einmal ihrer Wege: Papa mit den Kindern zum Eisstand und Mama in den Dom, der, wie man nun sehr gut sehen konnte, nicht nur aus roten Steinen gebaut war, sondern aus rotem und gelbem Sandstein bestand.

Als sich alle wieder am *Domnapf* eingefunden hatten, erzählte Mama ganz aufgeregt: „Ihr ahnt ja nicht, was ihr verpasst habt! Der Grundstein für dieses Gebäude wurde schon vor fast tausend Jahren gelegt. Es sollte die größte Kirche des Abendlandes werden. Damals stritt nämlich der Kaiser mit dem Papst in Rom darum, wer kirchliche Würdenträger einsetzen durfte. Um seine Macht zu demonstrieren, begann man auf Befehl des späteren Kaisers Konrad II. im Jahre 1025, diesen riesigen Dom in eine Stadt zu bauen, die zu jener Zeit gerade einmal 500 Einwohner hatte."

„War das nicht ein bisschen übertrieben?", wollte Lilly wissen.

„Für die damaligen Verhältnisse vielleicht", erwiderte Fabian, „aber inzwischen wohnen ja wesentlich mehr Leute in Speyer."

„Eben." Mama war in ihrem Redefluss kaum zu bremsen. „Außerdem kommen auch viele Touristen hierher, allein schon, um die Kaisergruft zu sehen."

„Im Dom sind richtige Kaiser begraben?" Nun tat es Nikolas fast ein bisschen leid, dass er nicht mit hineingegangen war.

„Ja", antwortete Mama, „auch die zweite Ehefrau von Barbarossa und sein Sohn Philipp haben hier ihre letzte Ruhe gefunden und außer ihnen noch einige andere weltliche Herrscher und fünf Bischöfe. Das ist einer der Gründe, warum der Dom so bedeutend ist. Für mich war natürlich die Zwerggalerie besonders interessant."

„Eine ganze Galerie mit Zwergen?" Auch Lilly kamen nun Zweifel, ob das Eis wirklich die bessere Wahl gewesen war.

Doch Mama klärte sie schnell auf: „Nein, nein. So nennt man ein Element in der Architektur, das nur als Verzierung dient. Es ist ein Bogengang, der meist unter dem Dach von Kirchen angebracht ist. Das Besondere hier ist, dass die Zwerggalerie sich um das komplette Gebäude zieht."

„Ach so." Sofort hellte sich Lillys Miene wieder auf, denn diese Dinge konnten zwar Mama begeistern, sie aber würde dafür kein Eis eintauschen. „Und jetzt gehen wir ins *Sea Life*, oder?", fragte sie fröhlich.

„Natürlich, das haben wir euch doch versprochen", antwortete Mama, und alle waren zufrieden.

UNTERWASSERWELTEN

Das *Sea Life* in Speyer befindet sich direkt am Rhein. Lilly, Nikolas und Fabian wollten am liebsten gleich die Haie sehen, aber Papa hielt sie zurück. „Nicht so schnell, schaut doch erst einmal, was man sich hier alles ansehen kann. Immerhin sind wir am Rhein."

„Ach ja, der Vater Rhein", meinte Nikolas in Erinnerung an ihre Ferien in Köln versonnen, und alle lachten.

„Im *Sea Life Speyer* könnt ihr sehen, welche Tiere es im Rhein und den angrenzenden Gewässern gibt, von den Alpen bis zur Nordsee."

„Im Rhein gibt es Haie?", witzelte Nikolas.

„Quatsch", sagte Papa lachend. „Aber der Rhein mündet doch in die Nordsee, und die ist ein Randmeer des Atlantischen Ozeans. Deshalb gibt es hier auch ein Ozeanbecken. Aber wenn wir hier noch länger herumstehen, werden wir nichts von alldem sehen. Also Marsch hinein!"

Das ließen sich die Kinder natürlich nicht zweimal sagen. Überall gab es interessante Wasserbecken und daneben Informationstafeln. Eine von ihnen wies sie darauf hin, dass Seepferdchen sich häufig mit ihren Schwänzen am Seegras festhalten, und tatsächlich: Als sie genauer hinsahen, entdeckten sie ein Seepferdchen, das seinen Schwanz um eine Pflanze geschlungen hatte. Am Haifischbecken erfuhren sie, dass es Haie schon seit 400 Millionen Jahren gibt und dass sie mit den Rochen verwandt sind. Sie konnten sich davon überzeugen, dass ein Katzenhai-Baby schon im Ei zu sehen ist, und wurden auch vor den Gefahren gewarnt, die im Meer lauern können. So darf man beim Tauchen nichts anfassen, weil man nie weiß, was man gerade vor sich hat. Krustenanemonen sehen sehr hübsch und fast wie Blüten aus, doch einige von ihnen produzieren ein Gift, das über die Haut aufgenommen wird.

„Guckt mal, was steht denn da?“, rief Lilly plötzlich. „Erledige gemeinsam mit dem Meeresforscher im *Sea Life Speyer* seine Aufgaben!“

„Stimmt, ich habe hier schon Schilder mit einem Forscher gesehen“, meinte Nikolas, und schon hatten die Kinder wieder eine interessante Betätigung gefunden. Sie lernten, die verschiedenen Schuppen zu unterscheiden und den einzelnen Fischen zuzuordnen, legten mit einem Pinsel versteinerte Meerestiere und Fossilien frei und erfuhren, wie unterschiedlich der Salzgehalt in den Meeren der Welt ist. Zum Schluss bekam jeder eine Medaille mit der Gravur „Meeresforscher“, die sie stolz mit nach Hause nahmen.

„Schade, dass wir die Fütterung der Seesterne nicht miterlebt haben“, sagte Nikolas, als sie wieder auf der Straße standen.

„Ach komm, dann wissen wir wenigstens schon, was wir uns beim nächsten Mal unbedingt ansehen müssen“, erwiderte Fabian und setzte hinzu: „Ihr seid doch bestimmt nicht das letzte Mal bei uns zu Besuch.“

Zum Schluss schauten alle noch durch das große Haifischmaul aus Lego-Steinen an der Außenfassade und machten Fotos, damit sie ihren Freunden zu Hause zeigen konnten, wie mutig sie waren.

Während sie zu dem Museum gingen – wobei Lilly und Nikolas immer noch keine Ahnung hatten, worum es sich dabei handelte –, blieben die Kinder ein bisschen hinter den Eltern zurück.
„Warum hast du vorhin eigentlich den Daumen hochgereckt, als Papa gesagt hat, dass wir nach Speyer fahren?“, wollte Nikolas von Fabian wissen.
„Weil ich hoffe, dass uns das bei unserer Suche nach dem Bronzemäuschen weiterbringt.“
„Aber in Speyer gibt es doch gar keinen Brunnen von Gernot Rumpf“, gab Lilly zu bedenken.
„Einen Brunnen gibt es hier nicht“, räumte Fabian ein, „aber ich habe gestern Abend noch ein wenig weiter gegoogelt und dabei herausgefunden, dass es hier in einer Kirche ein Pult gibt, das er gemacht hat. Den Fotos nach müsste es dort auch ein Mäuschen geben.“
„Du meinst, wir müssen doch noch den ganzen riesigen Dom nach einem Mäuschen absuchen?“ Nikolas bekam einen Schreck. „Dann schaffen wir ja heute nichts anderes mehr.“
„Aber nein. Das Pult, das ich meine, steht in einer kleinen Kirche, gar nicht weit von hier. Wir müssen nur eure Eltern davon überzeugen, dass wir uns diese Kirche unbedingt noch ansehen wollen.“
„Da rennst du bei Mama offene Türen ein“, sagte Lilly fröhlich, doch sie sah Fabian an, dass er diese Redewendung wohl nicht kannte. „Ich meine, Mama werden wir gar nicht überreden müssen, weil sie freiwillig in jede Kirche geht, um sich die Architektur anzusehen.“
„Na, dann ist die Sache doch geritzt“, freute sich Fabian.

In diesem Moment hörten sie auch schon Papa rufen: „He, wo bleibt ihr denn?“

WUNDERWERKE DER TECHNIK

Die Kinder beeilten sich, zu den Eltern aufzuschließen, und kurze Zeit später sahen sie ein großes Eingangsschild, das zwischen drei auf langen Metallstangen aufgestellten Flugzeugen prangte. „Können wir nicht lieber da hingehen als in ein Museum?“, fragte Nikolas.

Doch Fabian knuffte ihn in den Arm. „Ich glaube, das ist das Museum“, sagte er.

„Was? Echt?“ Nikolas konnte es gar nicht glauben.

„Doch, Fabian hat völlig recht“, schaltete sich nun auch Papa ein. „Das ist das *Technik Museum Speyer*.“

„Das ist ja cool!“ Auch Lilly war begeistert. Sie konnten es kaum abwarten, bis Papa die Eintrittskarten gekauft hatte und sie die erste große Halle betreten durften. Was gab es da nicht alles zu sehen: alte Autos und Flugzeuge, ein Karussell, wie es sie früher auf dem Rummel gegeben hatte, und sogar eine große Orgel, die zu spielen anfing, wenn man eine Münze einwarf, die man extra zu diesem Zweck an der Museumskasse kaufen konnte.

„In diesem Museum findet ihr technische Geräte aus den verschiedensten Gebieten der Wissenschaft: von der Unterwassererkundung bis zur Erforschung des Weltraums“, erklärte Papa.

„Das möchte ich alles sehen!“, rief Nikolas, und auch Fabian freute sich, denn nun erinnerte er sich, dass Kinder aus seiner Klasse schon davon erzählt hatten.

„Dann müssen wir uns ranhalten“, stellte Mama fest, denn sie ahnte schon, wie groß das Museumsgelände war.
„Lasst uns zuerst alles ansehen, was mit dem Kosmos zu tun hat“, schlug Papa vor, denn er wusste, dass das die Kinder besonders interessierte. Sie warfen noch schnell einen Blick auf die Feuerwehr-Oldtimer und verließen dann die erste Halle.
Auf dem Freigelände sahen sie wieder verschiedene Flugzeuge, in die man auch hineingehen konnte. Das war manchmal gar nicht so einfach, weil einige von ihnen etwas schräg standen, damit man sich vorstellen konnte, wie es sich anfühlte, wenn man sich während eines Fluges darin bewegte.
In der nächsten Ausstellungshalle wussten Lilly, Nikolas und Fabian wieder nicht, wohin sie zuerst schauen sollten.
„Das ist ja auch die größte Weltraumausstellung in Europa“, sagte Papa, und Lilly entdeckte gleich einige Informationstafeln für Kinder. Die Stubenfliegen Nat, IQ und Scooter erklärten darauf die verschiedenen Ausstellungsbereiche und erzählten ihnen alles, was man über die einzelnen Weltraummissionen wissen musste.
„Schaut mal hier!“, rief Fabian plötzlich. „Hier steht, welche Astronauten schon alles in dieser Ausstellung gewesen sind. Das waren ja viele!“
„Ganz genau“, erwiderte Mama, „und sie haben bestimmt auch das eine oder andere Ausstellungsstück gestiftet.“
„Das da auch?“, fragte Nikolas grinsend und zeigte auf ein ungewöhnliches Flugzeug mit einem schwarz-weißen Cockpit, aus dem eine lange weiße Spitze ragte.

„Oh nein“, antwortete Papa. „Das hätte natürlich niemand allein stiften können. Das ist ‚Buran‘, eine sowjetische Raumfähre. Sie sollte Kosmonauten, so heißen die Astronauten in Osteuropa, zur sowjetischen Raumstation bringen. Fünfzehn Jahre wurde daran geforscht, aber als aufgrund von politischen Veränderungen kein Geld mehr dafür da war, wurde das Projekt 1993 eingestellt. Es gibt auf der ganzen Welt nicht mehr viele dieser Prototypen, und es war sehr schwierig, die Raumfähre hierher nach Speyer zu transportieren. Schaut mal, es gibt sogar eine DVD darüber, wie das damals gemacht wurde.“

„Die sollten wir uns zu Hause unbedingt ansehen“, meinte Mama kurzentschlossen und kaufte sie auch gleich im Souvenirshop, der sich praktischerweise in derselben Halle befand.

Anschließend schauten sie sich noch ein großes Hausboot und ein richtiges U-Boot an, und zum Schluss meinte Mama: „Ich möchte gern noch in den Wilhelmsbau, das ist die sogenannte Schatzkammer.“

„Was gibt es denn dort zu sehen?“, fragte Fabian.

Doch als Mama sagte: „Alte Puppen, Uniformen und Kostüme“ ließ zumindest bei Nikolas die Begeisterung deutlich nach.

„Meinst du wirklich, das lohnt sich noch?“, fragte er.

Aber Lilly pflichtete Mama bei: „Die Puppen möchte ich mir auch gern noch ansehen.“

Also gingen sie hinüber zu dem alten Gebäude, und als sie die ersten Räume betraten, waren die Jungs sich einig, dass das zwar „ganz schön“ war, aber insgeheim hofften sie doch, möglichst schnell hinauszukommen. Schließlich hatten sie noch etwas Wichtiges vor.

Lilly aber zog sie noch in einen anderen Saal. Hier gingen auch den beiden Jungen die Augen über, oder vielmehr die Ohren. Überall standen Instrumente, die sie an alte Leierkästen erinnerten, und wenn man eine Euromünze hineinsteckte, spielten sie die verschiedensten Melodien. „Das sind Musikautomaten. Die neueren von ihnen nennt man auch ‚Orchestrion‘, weil ein ganzes Orchester zu hören ist“, erklärte Mama.

„Das ist ja viel praktischer als in der Musikschule“, meinte Lilly. „Ich habe doch gerade erst angefangen, Klavierspielen zu lernen, das dauert bestimmt noch ewig. Und hier gibt es alle Instrumente auf einmal. Und das für nur einen Euro! Überlegt mal, wieviel Geld ihr sparen könntet!"

Bloß gut, dass die Eltern wussten, dass Lilly ihren Klavierunterricht eigentlich mochte, denn so war klar, dass sie nur Spaß machte.

Auf dem Rückweg sagte Nikolas: „Hättet ihr etwas dagegen, wenn wir uns noch eine Kirche ansehen?"

„Aber nein", antwortete Mama erfreut, „möchtet ihr doch noch in den Dom hinein?"

„Nein", erwiderte Fabian, „ich möchte Lilly und Nikolas in einer anderen Kirche gern noch etwas zeigen."

„Na, du machst es ja spannend", lachte Papa, „aber ich denke, so viel Zeit haben wir noch. Kannst du uns zu der Kirche führen?"

Das konnte Fabian tatsächlich, denn er hatte sich am Tag zuvor den Weg im Internet genau angesehen.

Als sie angekommen waren, sagte Mama: „Von dieser Kirche habe ich schon einmal gelesen. Sie heißt ‚Gedächtniskirche der Protestation'."

„Das ist ja ein schwieriger Name", fand Lilly.

„Da hast du recht. Aber vielleicht reicht es ja, wenn du dir merkst, dass sie den höchsten Kirchturm in der Pfalz hat. Er ist genau hundert Meter hoch."

„Das ist ja so viel, wie wir im Sportunterricht laufen müssen. Kaum zu glauben, dass hier unsere Sprintstrecke senkrecht steht", überlegte Nikolas, und ohne, dass sie es selbst richtig gemerkt hatten, standen sie schon in der Kirche.

„Nun seht euch doch nur einmal die schönen Glasfenster an!“, staunte Mama und deutete auf die bunten Scheiben.
„Es sind 36“, sagte Lilly, nachdem sie sie gezählt hatte.
„Wisst ihr was“, schlug Fabian vor, „seht ihr euch doch ganz in Ruhe die Fenster an, und ich zeige Nikolas und Lilly, was ich ihnen zeigen wollte!“
Die Eltern stimmten zu, weil sie ganz genau wussten, dass man Kindern ihre kleinen Geheimnisse lassen muss. Wenn sie darüber sprechen wollten, würden sie es schon von sich aus tun.
Also gingen die drei ein Stück nach vorn, denn Fabian wusste, dass das Pult in einer Kirche meist in der Nähe des Altars steht.
„Da ist es: das Lesepult von Gernot Rumpf“, antwortete Fabian. „Auf den Fotos war das Mäuschen immer zu sehen.“
Sie gingen näher an das Pult heran, umrundeten es wieder und wieder und sahen alle möglichen Tiere: eine Schnecke, eine Schlange, viele verschiedene Fische, ... aber keine Maus.
„Habe ich es mir doch gedacht“, meinte Fabian mürrisch, als sie die Kirche wieder verließen. „Hier stimmt was nicht.“ Das war inzwischen auch seinen Freunden klar. Was konnte das alles nur zu bedeuten haben?

ERWEITERTER FAMILIENRAT

Auf dem Heimweg überlegten die Kinder immer wieder hin und her, was es wohl mit den verschwundenen Mäusen auf sich haben könnte. Sie grübelten und wogen ab, und schließlich wurde es Fabian zu bunt.

„Ich glaube, wir sollten die Erwachsenen mit einweihen. Wer weiß, vielleicht haben sie ja eine Idee?"

Lilly und Nikolas waren von diesem Vorschlag zunächst nicht gerade begeistert.

„Och", maulte Lilly, „ich hatte mir gerade vorgestellt, wie schön es wäre, unser eigenes Detektivbüro aufzumachen: LFN – Lilly, Fabian und Nikolas."

„Das können wir doch trotzdem", tröstete Fabian sie. „Aber ehe wir die Sache noch unnötig verzögern, ist es vielleicht besser, uns ab und zu einen Rat bei unseren Eltern zu holen. Stell dir mal vor, da ist wirklich etwas Kriminelles im Gange, und wir holen vielleicht nicht rechtzeitig die Polizei! Das wäre doch blöd, wenn wir dadurch etwas vermasseln."

„Ich weiß nicht", zögerte auch Nikolas. „Lass uns mal beim Abendessen die Lage sondieren, dann können wir spontan entscheiden, ob wir etwas sagen, in Ordnung?"

Damit waren alle einverstanden. Zum Abendessen gab es Hähnchenschnitzel in Sahnesoße, und Papa fragte, wie er es nach einem erlebnisreichen Tag gern tat: „Was hat euch denn heute am besten gefallen?“

„Ein Hubschrauber, der aussah wie das Fliewatüüt aus deinem alten Kinderbuch“, sagte Lilly als Erste.

„Das riesige Haifischbecken, durch das man gehen konnte wie durch einen Tunnel“, meinte Fabian.

Nikolas hatte auch einen eindeutigen Favoriten: „Die Raumfähre, bei der wir bis ins Cockpit schauen konnten.“

Mama sagte versonnen: „Die alten Musikautomaten.“

Melanie hörte zu und war froh, dass ihre Gäste in ihrer Heimat so viel erlebten. Dennoch stellte sie eine Frage, die bei den Abendessen der Familie im Urlaub eher selten vorkam: „Gab es denn auch etwas, das euch nicht gefallen hat?“

Nun hielt es Fabian nicht mehr aus, und er platzte heraus: „Dass die Mäuschen weg sind!“

„Welche Mäuschen denn?“, fragten die Erwachsenen im Chor, denn sie konnten sich nicht vorstellen, wovon er sprach.

Deshalb wandte sich der Junge zunächst an seine Mutter: „Opa hat mir doch beigebracht, dass man an den Brunnen von Gernot Rumpf immer nach dem Mäuschen suchen muss. Das haben wir gestern und vorgestern am *Kaiserbrunnen* auch getan. Und stell dir vor: Das Mäuschen war weg!“

„Wie weg?“ Melanie verstand noch immer nicht.

„Richtig weg!“ Nun erzählten auch Lilly und Nikolas, was sie beobachtet hatten: den leeren Bronzesockel und das Kirchenpult in Speyer, an dem von dem Mäuschen ebenfalls keine Spur zu finden gewesen war.

Die Eltern sahen einander ratlos an.
„Ich kann ja verstehen, dass ihr das spannend findet", sagte Papa, „aber bestimmt gibt es dafür eine ganz einfache Erklärung. Diese Skulpturen sind ja schon vor einiger Zeit gegossen worden. Vielleicht müssen sie restauriert werden."
„Meinst du nicht, dann hätte man auch den Sockel oder die anderen Figuren mitgenommen und für alle, die sich auskennen, zumindest ein Schild angebracht wie: ‚Bitte suchen Sie nicht nach dem Mäuschen. Es wird gerade restauriert.'?"
Mama stimmte Nikolas zu. Seine Argumente waren nicht ganz von der Hand zu weisen.
Doch Fabian ließ nicht locker: „Vielleicht hat ja niemand daran gedacht, dass Besucher die Mäuse suchen würden? Ich schau mal im Internet nach, ob da irgendetwas darüber steht, dass die Figuren restauriert werden."
Mit diesen Worten flitzte er in sein Zimmer und kam kurze Zeit später etwas niedergeschlagen zurück. Er schüttelte den Kopf und verkündete nur: „Nichts zu finden!"
Melanie dachte nach. „Diese Skulpturen sind sehr teuer. Sie werden bei Auktionen gehandelt und können schon mal mehrere Tausend Euro pro Stück kosten."
„Echt? So viel?" Nikolas konnte es gar nicht fassen.
Lilly schnappte nach Luft. „Auweia, wenn die wirklich jemand geklaut hat!"
„Ja, das wäre tatsächlich ein großer Verlust!", meinte nun auch Melanie.

„Aber wir können natürlich nicht den Rest unserer Reise nur mit der Suche nach den Mäusen verbringen“, stellte Mama fest. „Schließlich gibt es hier noch mehr zu sehen.“

„Das stimmt“, sagte Melanie, „aber ich kann auch verstehen, dass euch die Sache keine Ruhe lässt. Wie wäre es, wenn ihr das eine mit dem anderen verbindet?“

„Wie denn?“, fragte Lilly etwas mutlos.

„So, wie wir es heute auch gemacht haben“, antwortete Fabian, und an seine Mutter gewandt, fragte er: „Stimmt's?“

„Ganz genau“, bestätigte Melanie. „Heute habt ihr euch Speyer angesehen und dabei nach dem Mäuschen am Lesepult geschaut. Wenn ihr nach Bad Bergzabern fahrt, könnt ihr in die Therme gehen und euch einen weiteren Brunnen ansehen und so weiter.“

„In Ordnung“, sagte Papa, „das ist ein Kompromiss. Wenn es in der Nähe der Orte, die wir besuchen wollen, Figuren von diesem Gernot Rumpf gibt, spricht nichts dagegen, dass wir sie uns ansehen. Wohin fahren wir eigentlich morgen? Habt ihr nun schon in dem kleinen Heftchen nachgesehen?“

„Zur *Burg Trifels*!“, rief Nikolas.

„Nach Landau!“, meldete sich Lilly gleichzeitig zu Wort.

„Bloß gut, dass das nicht weit voneinander entfernt ist“, meinte Fabian grinsend und fügte hinzu: „Dann werde ich mal nachsehen, ob es in der Nähe irgendwelche Mäuschen gibt!“

DER BERÜHMTE GEFANGENE

„Warum wolltest du eigentlich unbedingt auf diese Burg?“, fragte Lilly ihren Bruder, als sie am nächsten Tag den steilen Weg zur *Reichsfeste Trifels* emporstiegen, die auf ihrem Felsen wie ein uneinnehmbarer Klotz in die Landschaft ragte.

„Der *Trifels* war im Mittelalter eine sehr bedeutende Burg. Hier haben drei verschiedene Könige und Kaiser gelebt, von denen man heute noch spricht: Friedrich I., Heinrich VI. und Friedrich II. Von Friedrich I. haben wir doch schon öfter gehört.“

„Stimmt ja“, freute sich Lilly. „Das war der Kaiser Barbarossa! Aber was hatten denn die anderen beiden mit ihm zu tun?“

„Sie stammten alle aus dem Geschlecht der Staufer“, erklärte Fabian. Wozu doch der Sachkundeunterricht in der Schule so alles gut war!

„Ganz genau“, antwortete Papa. „Dass Barbarossa auf dem *Trifels* war, ist sogar genau nachzuweisen, weil er es mit seiner eigenen Unterschrift bestätigt hat. Aber ich glaube, ehrlich gesagt, nicht, dass Nikolas nur deshalb hierher wollte.“

„Nicht?“, staunte Lilly. „Gibt es denn hier noch mehr Interessantes zu erkunden?“

„Na, hör mal, hier lebte doch vor mehr als 800 Jahren der wahrscheinlich bekannteste Gefangene des Mittelalters.“ Nikolas war ein wenig stolz, dass er etwas wusste, das Lilly neu war.

„Und woher kennst du ihn?“, wollte seine Schwester nun wissen. „Das ist doch schon furchtbar lange her.“
„Das ist in diesem Fall, glaube ich, nicht so wichtig“, schaltete sich nun Fabian ein. „Immerhin war dieser Gefangene Richard Löwenherz, der König von England.“
„War das nicht der König, der auf einem Kreuzzug war, als Robin Hood mit seinen Freunden durch den Sherwood Forest streifte?“ Nun wusste Lilly wieder ganz genau, von wem die Rede war. Sie waren inzwischen oben angekommen und hatten das Burggelände betreten. „Hat Robin Hood ihn denn dann auch befreit?“
„Nein“, sagte Nikolas. „Robin Hood war doch in England und hat sich für die Armen eingesetzt.“
„Ja“, stimmte ihm Papa zu, „er hat gegen Johann Ohneland, der auf Englisch John Lackland heißt, gekämpft. Das war König Richards Bruder, der England regierte, solange Richard auf dem Kreuzzug war. Erinnerst du dich? Er hat sein Volk fürchterlich unterdrückt und wollte Richard die Krone streitig machen.“
„Ich habe mal gelesen, dass man sich nicht sicher ist, ob Robin Hood wirklich zur Zeit von Richard Löwenherz gelebt hat“, meinte Fabian. „Das ist wahrscheinlich ebenso eine Legende wie die, dass der König von seinem Troubadour Blondel aus der Gefangenschaft auf der *Burg Trifels* befreit wurde.“
„Was ist denn ein Troubadour?“ Dieses Wort hatte Lilly noch nie gehört. Aber diesmal musste auch Nikolas passen.
„Das waren Dichter und Komponisten vor allem in Frankreich, die ihre Lieder selbst vortrugen“, erklärte Papa nun.

„Mittelalterliche Liedermacher also“, stellte Lilly fest. „Aber wieso denn in Frankreich? Richard Löwenherz war doch König von England.“

„Das stimmt“, erwiderte Papa. „Aber damals verliefen die Grenzen ganz anders als jetzt, und große Gebiete im heutigen

Westfrankreich gehörten zu Richards Reich. Deshalb hatte er einen französischen Troubadour."

Nikolas wurde nachdenklich, während sie sich in dem großen, fast leeren Kaisersaal umsahen. Da dieser vor weniger als hundert Jahren rekonstruiert worden war, sah er nicht mehr so aus wie zur Zeit der Kaiser aus dem Geschlecht der Staufer. Jetzt entsprach er eher dem Zeitgeschmack des vorigen Jahrhunderts.

„Aber dass Richard Löwenherz hier gefangen war, stimmt doch, oder?“, hakte er schließlich nach.
„Ja, das Ganze ging auf eine Meinungsverschiedenheit mit dem deutschen Kaiser Heinrich VI. und dem österreichischen Erzherzog Leopold zurück. Aber Richard Löwenherz lebte hier auch nicht so, wie man es sich für einen Gefangenen vorstellt – mit Wasser und Brot oder so. Er wurde behandelt wie ein Gast, durfte aber die Feste, wie man die Festung damals nannte, nicht verlassen.“
„Aber er ist doch trotzdem irgendwann freigekommen, oder?“, fragte Lilly etwas besorgt.
„Ja, klar“, beruhigte Nikolas seine Schwester. „Nach vierzehn Monaten und der Zahlung eines riesigen Lösegeldes, das seine Mutter, die Königin Eleonore von Aquitanien, beschafft haben soll, kam Richard schließlich frei. Allerdings sind bis heute nicht alle Umstände seiner Haft zweifelsfrei geklärt. Schau mal, Papa hat schon angefangen, die ‚Ermittlungsakte‘ im ‚Fall Richard Löwenherz‘ zu lesen.“
Papa stand vor einem Pult, auf dem eine Mappe mit großen Blättern lag. „Das ist wirklich interessant“, meinte nun auch Mama. „Hier wird der ‚Fall Löwenherz‘ wie in einer Gerichtsakte beschrieben, und man kann alles über die verschiedenen Möglichkeiten erfahren, wie es sich damals zugetragen haben könnte.“
Die Jungen blieben vor einer Karte stehen, auf der die Aufteilung Europas vor 800 Jahren zu sehen war, aber Lilly hatte noch etwas anderes entdeckt.
„Hier gibt es einen Saal, in dem man das alles selbst nacherleben kann. Da ist eine Truhe mit Stoffen, wie sie zur Zeit von Richard

Löwenherz verwendet wurden. Die Stoffe kann man sogar anfassen, und man kann sich unter einem Mikroskop ansehen, wie das Ungeziefer aussah, mit dem die Leute damals zu kämpfen hatten. Wisst ihr eigentlich, warum man davon spricht, dass man sich etwas auf die hohe Kante legt, wenn man für etwas spart? Die hohe Kante war eine Ablage über dem Kopfende vom Bett. Man konnte von unten nicht daraufschauen, und deshalb waren Geld und Wertgegenstände dort sicher."

Sofort kamen Nikolas und Fabian näher, denn das Mikroskop und die hohe Kante wollten sie sich auf keinen Fall entgehen lassen.

„Das hast du ja toll herausgefunden", lobte Mama Lilly, als sie sich alles noch einmal gemeinsam ansahen. „Kommt, ich möchte euch unbedingt noch etwas zeigen, doch dafür reicht das Geld auf der hohen Kante nicht." Mit diesen Worten lotste sie die Kinder kurz darauf in den nächsten Saal. Dort standen Vitrinen mit lauter Gegenständen aus Gold und anderen kostbaren Materialien.

„Hat das alles mal Richard Löwenherz gehört?", fragte Nikolas ehrfürchtig.

„Nein, das sind die Reichsjuwelen der deutschen Kaiser. Das Zepter, der Reichsapfel und die Krone. Weil diese Gegenstände hier aufbewahrt wurden und nur der das Deutsche Reich regieren durfte, der sie besaß, sagte man damals auch: ‚Wer den *Trifels* hat, hat das Reich.'"

Inzwischen war Papa auch wieder zu ihnen gestoßen, und Lilly fragte: „Ist das alles echt?"

„Wenn du damit meinst, ob das die Gegenstände waren, die die deutschen Kaiser bei ihrer Krönung erhalten haben, muss ich dich leider enttäuschen.
Die Originale befinden sich schon seit mehr als 200 Jahren im Kunsthistorischen Museum in Wien. Hier sehen wir Nachbildungen, aber ich denke, auch sie können uns helfen, uns die damalige Pracht vorzustellen, stimmt's?"
„Die Krone ist ja toll", schwärmte Lilly, „über und über mit Edelsteinen geschmückt."
„Das Besondere daran sind nicht nur die Steine, auch ihre Form ist außergewöhnlich. Schau einmal genauer hin", sagte Mama.
Nun sah es Lilly auch: „Die Krone ist ja gar nicht rund!"
„Nein, sie ist achteckig, weil die Zahl Acht im Christentum eine heilige Zahl ist."
„Das stelle ich mir ziemlich unbequem vor", meinte Nikolas. „Das drückt bestimmt, wenn man sie auf dem Kopf hat."
„Damit hast du sicher recht", meinte Mama lächelnd.
„Seht mal her, dieses Kreuz war zum Beispiel schon allein deshalb etwas Besonderes, weil sich darin noch eine Lanze verbarg!", rief sie Papa zu sich heran, und so schauten sie sich eine Vitrine nach der anderen an.
Lilly nickte, doch ihr war anzusehen, dass sie gern noch viel mehr Zeit damit verbracht hätte, alles genauer zu betrachten und jede Informationstafel zu lesen. Nikolas und Fabian aber waren schon wieder fast am Ausgang der Burg und bestaunten die Ritterrüstungen, die dort ausgestellt waren.

Mama kaufte ein Buch über die Feste, damit sie alles noch einmal nachlesen konnten. Lilly durfte es gleich in ihren Rucksack stecken und freute sich schon darauf, es sich ganz in Ruhe anzusehen. Dann stiegen sie den Felsen wieder hinunter.

FANTASTISCHE UND ANDERE TIERWESEN

„Jetzt musst du uns aber auch erzählen, warum du unbedingt nach Landau wolltest, Lilly“, meinte Nikolas, als sie wieder zum Auto gingen.

„Ganz einfach“, entgegnete seine Schwester, „weil es dort einen Zoo gibt.“

„Aha“, erwiderte Nikolas, und es war ihm anzumerken, dass er noch nicht wusste, was er davon halten sollte: „In Berlin haben wir gleich zwei davon fast vor unserer Haustür, warum willst du also hier in einen Zoo, der wahrscheinlich viel kleiner ist?“

„Weil ich gelesen habe, dass es hier ein Elwetritsche-Gehege gibt.“

„Das Wort habe ich doch vor Kurzem gerade gehört. Was war das noch gleich?“

„Erinnere dich doch mal: Als wir am ersten Abend in Kaiserslautern am *Kaiserbrunnen* waren und das eine Tier dort nicht kannten, hat Fabian doch gesagt, dass das Elwetritsche sind. Jetzt können wir sie uns im Zoo ansehen, das ist doch toll, oder? Ich bin mir ganz sicher, dass es diese Tiere bei uns nicht gibt.“

Das leuchtete Nikolas ein, und nun wollte auch er unbedingt in den Zoo. Fabian sagte nichts dazu, aber er kannte die Elwetritsche ja auch schon.

Kurze Zeit später kamen sie in Landau an und fuhren direkt zum Zoo. Dieser war zwar nicht sehr groß, dafür wimmelte es von

Kindern, denn auch in Rheinland-Pfalz waren ja gerade Osterferien, und alle wollten die ersten wärmeren Sonnenstrahlen für einen Spaziergang nutzen.
Es dauerte gar nicht lange, bis Lilly, Nikolas und Fabian am Wegesrand immer wieder Schilder sahen, die sie aufmerksam zu lesen begannen. So erfuhren sie, dass der Zoo sich neben der Erholung in dieser „tierischen Oase" auch Bildung, Forschung und Artenschutz zur Aufgabe gemacht hat. Sie sahen sogar den Eingang zu einer Zooschule, in der Ferienworkshops und Übernachtungscamps angeboten wurden. „Schade, dass ich erst im Herbst Geburtstag habe", sagte Lilly mit einem Blick auf das Schild.
„Wieso denn das?", fragte Fabian verwundert.
„Na, wenn ich jetzt Geburtstag hätte, könnte ich gleich hier feiern", klärte Lilly ihn auf. „Guck mal, hier gibt es sogar Feiern rund um das Lieblingstier des Geburtstagskindes."
„Sei nicht traurig", tröstete sie ihr Bruder. „Das könnte bei deiner Vorliebe für Schmetterlinge sowieso ein bisschen schwierig werden. Die flattern doch bestimmt gleich weg."
„Dafür gibt es hier andere tolle Dinge. Schau mal – dort drüben ist sogar ein Altersheim für Schimpansen." Fabian war ganz in seinem Element. Er lief zum Gehege der Affen und las die Namen der dort lebenden Schimpansen vor: „Gerti, Cindy und Bägges".
Auf einmal sah Nikolas seine Eltern betreten an: „Ich fasse es nicht! Die sind ja alle in eurem Alter!"
Papa drohte ihm scherzhaft: „Ich hoffe, du willst damit nicht sagen, dass wir auch schon reif fürs Altersheim sind!"

„Quatsch! Ihr habt euch gut gehalten und seid ja zum Glück auch keine Schimpansen“, beeilte sich Lilly zu versichern.

„Aber Scherz beiseite“, meinte nun wieder Fabian. „Ich finde, das ist eine richtig gute Idee. Die ersten Affen in diesem Gehege sind vor mehr als fünfzig Jahren aus einem Zirkus hierhergekommen. Inzwischen leben auch ihre Nachkommen schon hier.“

„Das finde ich ja toll“, sagte Lilly und lief gleich darauf zum nächsten Käfig. „Seht mal her: Das ist eine Voliere, ein großer Käfig, der viel Raum zum Fliegen für Stubenpapageien bietet, die vorher nicht artgerecht gehalten wurden. Bloß gut, dass sie jetzt hier sind und sich besser bewegen können.“

„Alle Achtung, die nehmen das aber ernst mit dem Artenschutz“, stellte Nikolas fest. „Wenn hier alle möglichen Tiere ein Zuhause finden, gibt es diese Vögel mit dem komischen Namen ja bestimmt tatsächlich.“

„Was denn für Vögel mit komischen Namen?“, wollte nun auch Papa wissen.

„El… El… Ach, kommt schon, lasst mich nicht so hängen!“, wandte sich Nikolas hilfesuchend an Fabian und Lilly.

„El-we-trit-sche!“, riefen beide im Chor.

„Elwetritsche?“, fragte nun auch Papa ungläubig nach. „Von solch einer Vogelart habe ich ja noch nie etwas gehört.“

„Die muss es hier aber geben“, erwiderte Lilly. „Ich habe nämlich gelesen, dass es im *Landauer Zoo* ein Elwetritsche-Gehege gibt.“

„Na dann, nichts wie hin!“ Jetzt war auch Mamas Interesse geweckt.

Niemand aus der Familie bemerkte, dass Fabian auf einmal auffallend schweigsam wurde.
„Hier steht es ja: Elwetritsche-Gehege“, sagte Papa, nachdem er auf den großen Lageplan des Zoos gesehen hatte. „Das ist ganz in der Nähe.“
Sie liefen einige Meter und standen tatsächlich bald darauf vor einem eingezäunten Gelände mit zwei Informationstafeln. Diese Schilder sahen aus wie alle anderen im Zoo und enthielten Informationen über zwei Tierarten, die als „sehr gefährdet“ und als „bedroht“ gekennzeichnet waren: die Burgunderroten Wein-Trittche und die Landauer Pracht-Trittche. Allerdings war kein einziges dieser Tiere zu sehen.
„Vielleicht halten sie noch Winterschlaf?“, überlegte Lilly.
„Das könnte sein“, stimmte ihr Fabian zu, „aber sieh dir die Bilder auf den Schildern doch mal genauer an. Auf den Fotos gibt es nur Nachbildungen der Tiere aus Metall, während man für alle anderen Schilder hier die Tiere selbst fotografiert hat.“

„Das ist allerdings merkwürdig“, fand nun auch Papa.
In diesem Moment gab es für Fabian kein Halten mehr. Er lachte laut los und konnte sich gar nicht wieder beruhigen.
„Was hast du denn?“, fragte Mama besorgt, denn einen solchen Lachanfall hatte sie bei ihm noch nicht erlebt. „Ist alles in Ordnung?“
„O ja“, prustete Fabian, „sogar mehr, als ihr denkt!“
Jetzt sahen ihn die anderen ebenfalls verwundert an. Deshalb klärte Fabian die Situation schleunigst auf: „Die Elwetritsche gibt es in Wirklichkeit doch gar nicht! Das sind Pfälzer Fabelwesen! Es gibt bei uns den beliebten Brauch, Zugereiste auf Elwetritschejagd zu schicken.“
„In den Zoo?“, fragte Lilly verdattert.
„Nein, natürlich nicht. Eigentlich schickt man sie zur Elwetritschejagd in den Wald. Aber das macht man nur in Neumondnächten, deshalb konnten wir es mit euch nicht machen. Im Moment ist ja Vollmond, und bis der nächste Neumond kommt, seid ihr ja leider nicht mehr da.“
„Und weil du uns so nicht reinlegen konntest, hast du gedacht, der Zoo tut es auch, was?“ Nikolas war tatsächlich ein wenig beleidigt. „Hauptsache, du kannst so ein paar Pfalz-Neulinge wie uns auf den Arm nehmen, was?“
„Aber nein, das war gewissermaßen ein positiver Nebeneffekt“, grinste Fabian.
„Pah, positiv – ich weiß ja nicht!“ Nikolas konnte es überhaupt nicht leiden, wenn man ihn veralberte.

Doch Fabian beschwichtigte ihn: „Ganz ehrlich, ich habe euch nicht hierhergebracht, um euch einen Streich zu spielen. Das Ganze hatte schon einen ernsthaften Hintergrund. Seht euch die Tiere auf den Schildern doch einmal genauer an!"

„Sie sind aus Metall, das hast du doch selbst gesagt", antwortete Nikolas.

„Eben – aus Metall!", bestätigte Fabian und sah ihn fragend an. „Na, klingelt da was bei dir?"

Nun schlug sich Lilly mit der Hand an die Stirn: „Na, eben! Die Elwetritsche sind ja in dem Gehege auch zu sehen! Du hast gedacht, sie wären von Gernot Rumpf, stimmt's?"

Fabian nickte: „Ganz genau! Jetzt hast du's erfasst! Ich hatte gehofft, wir könnten auch hier nach den Mäuschen suchen, aber nun sehe ich leider, dass ausgerechnet diese Elwetritsche von einem anderen Künstler stammen."

„Aber immerhin wissen wir nun, dass die Elwetritsch der Pfälzer Nationalvogel ist und dass es verschiedene Schreibweisen dafür gibt", sagte Mama lächelnd. „Schaut mal, hier ist noch ein Schild. Es stammt vom Elwetrittche-Verein Landau und bestätigt alles, was Fabian uns erzählt hat."

„Nun lasst den Kopf nicht hängen", meldete sich auch Papa wieder zu Wort, „zum Trost zeige ich euch auch etwas, das ihr nur in Landau findet!"

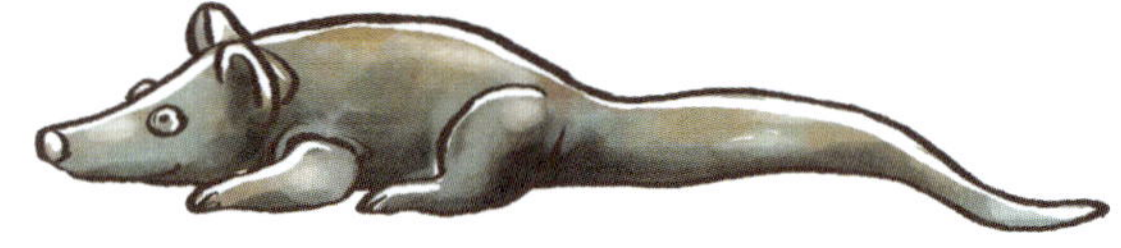

WER STIEHLT DEN SCHILDKRÖTEN DIE SCHAU?

Nach einer kurzen Fahrt hielten sie vor einer großen Halle mit der Aufschrift „Reptilium".

„Was ist denn ein Reptilium?", fragte Lilly.

„Wahrscheinlich ein Haus, in dem man sich Reptilien ansehen kann", vermutete Nikolas.

„Ganz recht", sagte Papa, „und zwar in diesem Fall der größte Reptilienzoo in Deutschland."

„Stimmt, da steht es ja: ‚*Terrarien- und Wüstenzoo Landau*'", las Mama.

„Dann lasst uns doch mal erkunden, was es hier alles gibt", schlug Fabian vor.

Lilly hatte auch schon das erste Schild entdeckt, das sie interessierte: „Baby-Station". „Ob man da wirklich hinein darf?", überlegte sie. „In den Krankenhäusern von uns Menschen ist das doch richtig streng geregelt. Da darf ja nicht jeder rein, damit alles sauber bleibt."

„Das bleibt es hier auch", sagte Papa. „Schau mal, hier sind die Tiere doch in Terrarien untergebracht, und durch die Glasscheiben kann man sie sich ansehen."

„Da sind ja Baby-Schildkröten", rief Lilly, „sind die aber süß!"

Nikolas und Fabian zog es eher zu den Piranhas. „Die sehen gar nicht so gefährlich aus, wie man immer sagt", fand Fabian.

Doch Nikolas war anderer Meinung: „Guck mal, was da bei ‚Ernährung‘ steht: ‚Fleischfresser (Fische, Wirbeltiere)‘. Und Wirbeltiere sind wir ja schließlich auch. Ich glaube, mir ist es ganz recht, dass sie hier in einem Aquarium herumschwimmen und nicht mit uns gemeinsam im Sommer im See.“

„Es scheint auch keine öffentliche Fütterung der Piranhas zu geben“, sagte Mama, „das wird wohl seinen Grund haben.“

„Eigentlich schade“, meinten nun Nikolas und Fabian wie aus einem Munde.

Aber Lilly hatte schon etwas anderes entdeckt: „Dafür gibt es eine Schildkrötenpräsentation. Ich habe zwar keine Ahnung, was das ist, aber ich denke, wir sollten es uns unbedingt ansehen.“

Vorbei an Leguanen und Bartagamen, Geckos und Waranen, machten sie sich auf den Weg zum Schildkrötengehege. Unterwegs blieb Lilly stehen und meinte: „Hier will uns doch bestimmt wieder jemand auf den Arm nehmen. ‚Unerwartete Stabschrecke‘ – so heißt doch kein echtes Tier!“

„Diesmal täuschst du dich“, erwiderte Papa. „Solche Insekten gibt es tatsächlich. Sie gehören übrigens zu den Gespenstschrecken.“

„Du willst mich veräppeln!“ Lilly konnte es noch immer nicht glauben.

Doch diesmal pflichtete Nikolas Papa bei: „Das stimmt. Von diesen Tieren habe ich schon gehört. Die ‚Wandelnden Blätter‘ gehören auch zu ihnen, das sind Insekten, die wirklich aussehen wie Blätter. Und die Stabschrecke sieht aus wie ein Zweig.“

„Schau mal, dort drüben an dem Ast kannst du eine sehen!“ Fabian zeigte Lilly, wohin sie schauen musste, und damit war sie überzeugt.

Im Nachthaus war es richtig dunkel, doch weil die Tiere dort mit Schwarzlicht beleuchtet wurden, konnten die Kinder trotzdem sehen, wie groß der Königspython war und dass der Leopardgecko tatsächlich Flecken hatte.
Sie kamen gerade rechtzeitig bei den Köhlerschildkröten an, um von der Tierpflegerin zu erfahren, dass jede dieser Schildkröten eine andere Färbung hat, weil ihr Kopf und ihre Füße rot, gelb oder orange sein können.
Die Pflegerin stellte ihnen die Köhlerschildkröte Penelope vor und erzählte, dass man Männchen und Weibchen an der Form ihres Brustpanzers unterscheiden kann. Weiter kam sie allerdings nicht, denn dann betrat Bertha sozusagen die Bühne.
Natürlich war es keine echte Bühne, sondern nach wie vor das Schildkrötengehege, in dem allerdings auch die Mississippi-Alligatoren Blacky und Bertha zu Hause waren. Blacky ließ sich von dem Treiben um ihn herum nicht stören, aber Bertha wollte unbedingt sehen, was sich da vor der Scheibe ihrer Behausung tat.
Sie kam langsam näher und stupste mal die Gummistiefel der Tierpflegerin und mal die Scheibe des Geheges an. Natürlich hatte nun keiner der Besucher mehr Augen für die Schildkröten, weil alle wie gebannt jede Bewegung des Alligatorweibchens verfolgten.
„Ich glaube, sie hofft auf ein paar Apfelstückchen“, meinte die Tierpflegerin, und genau so war es auch. Nur war eben für Bertha gerade keine Fütterungszeit!
„Ohhh, mit ihren großen Augen sieht sie richtig niedlich aus“, fand Lilly.

Doch ihr Bruder entgegnete: „Na, du hast ja komische Vorlieben. Hast du ihre Zähne gesehen?“
„Keine Angst“, mischte sich die Tierpflegerin ein, „Bertha ist handzahm.“
Jetzt waren sich alle einig: Bertha war das ungewöhnlichste Krokodil, das sie je gesehen hatten.
„Dieser Tag hatte es ganz schön in sich“, meinte Mama, als sie den Reptilienzoo verließen. „Ich glaube, ich könnte jetzt noch ein erholsames Bad gebrauchen.“
„Au ja“, riefen die Kinder begeistert.
Doch Mama bremste ihren Elan ein wenig: „Ich meinte wirklich ein erholsames Bad. Das Spaßbad heben wir uns für später auf. Ich würde jetzt zu gern in die *Südpfalz Therme* nach Bad Bergzabern fahren. Das ist nämlich hier ganz in der Nähe.“
Zu ihrer großen Überraschung freuten sich die Kinder auch dann noch über diese Idee, als klar war, dass sie an diesem Tag keine Wasserrutschen oder sonstige Spielgeräte erwarten würden.
Papa ahnte schon, warum. Als sie in Bad Bergzabern ankamen, fragte er deshalb: „Na, wo sollen wir als Erstes hinfahren? Ihr wollt doch bestimmt nicht nur in die Therme, oder?“
„Nein“, sagte Fabian, und die Geschwister sahen verlegen zu Boden. „Hier gibt es den *Weinbrunnen*, weil wir doch in einer Weingegend sind.“
„Ich habe euch also ertappt“, erwiderte Papa schmunzelnd. „Lasst mich raten, dieser Brunnen wurde von Gernot Rumpf gestaltet?“
„Ja“, gab Nikolas zu.

Mama musste ebenfalls lächeln. „Na, dann sucht schon euer Mäuschen! Allzu lange wird es ja wohl nicht dauern, oder?"

Das hofften die drei Kinder auch, und schon waren sie aus dem Auto gestiegen, um den Brunnen genau unter die Lupe zu nehmen. Er bestand aus einer großen Metallfläche, die wohl ein Tischtuch darstellen sollte, und an den Ecken waren ein Lamm, ein Affe, ein Löwe und ein Schwein zu sehen. Durch den Löwenkopf konnte man hindurchschauen, und so fotografierten die Kinder einander abwechselnd durch das geöffnete Maul des Löwen.

Sie lasen die Legende von Noah, dem ersten Winzer, und liefen mehrere Male um den Brunnen herum. Der Weinstock in der Mitte des Brunnens war an seinem Platz, und daran waren einige Tiere zu sehen, doch auch hier fehlte von einem Mäuschen jede Spur.

„Vielleicht hat sich der Bildhauer gedacht: Hier gibt es schon so viele Tiere, da wäre noch ein Mäuschen zu viel des Guten", überlegte Lilly.

Fabian aber meinte nur traurig: „Ich kenne diesen Brunnen, und ich weiß auch, wo das Mäuschen sein müsste. Siehst du dort drüben das kleine Loch im Tischtuch? Dort gehört es eigentlich hin."

Sie umrundeten den Brunnen ein letztes Mal, und diesmal war es Nikolas, der sagte: „Seht mal, dort drüben, an der Wand der Sparkasse ist auch wieder ein Graffiti mit einer Katze!"

„Das habe ich früher auch noch nie gesehen", stellte Fabian fest, und auf der Fahrt in die Therme machte sich jeder von ihnen seine eigenen Gedanken, was mit all den Mäusen wohl passiert sein konnte.

MANDELBLÜTEN AUS BAISER

Am nächsten Morgen waren alle noch etwas erschöpft vom Tag zuvor, doch es half nichts: Ferien hin oder her – sie mussten früh aufstehen. Diesmal durfte sich nämlich Mama aussuchen, wohin es gehen sollte, und sie hatte nicht lange überlegen müssen: „Ich möchte die *Gläserne Backstube* sehen“, hatte sie am Tag zuvor verkündet und auch gleich telefonisch einen Termin für die Besichtigung vereinbart. Dass das Bäckerhandwerk nichts für Langschläfer ist, weiß ja nun wirklich jedes Kind. Wenn sie also irgendetwas sehen wollten, mussten sie wohl oder übel in den sauren Apfel beißen.

„Dann doch lieber in süße Kekse!“, hatte Melanie schmunzelnd gesagt. Sie hatte es geschafft, sich diesen Tag doch noch freizunehmen, damit sie auch ein bisschen Zeit mit ihren Gästen verbringen konnte.

Nun saßen sie also dichtgedrängt im Auto. Bloß gut, dass es sieben Plätze hatte! Mama war froh, ihre Freundin einen ganzen Tag lang um sich zu haben. „Schau mal, die herrlichen rosa Blüten an den Bäumen!“ Sie stupste Melanie an.

„Das war doch eigentlich der Grund, aus dem ihr hergekommen seid!“, antwortete Melanie. „Schade, dass es diesmal nicht mit dem Besuch eines Mandelblütenfestes klappt. Die finden immer nach dem jeweiligen Blütenstand statt und sind in diesem Jahr leider schon vorbei, aber vielleicht liegen die Osterferien im nächsten Jahr etwas günstiger. Dann sollten wir unbedingt auch mal über den *Pfälzer Mandelpfad* wandern."

„Das können wir doch diesmal noch machen", schlug Nikolas vor, „wenn das ‚Pfad' heißt, kann die Wanderung ja nicht so lange dauern."

„Täusch dich da mal nicht", erwiderte Fabian. „Wir haben darüber gerade etwas in der Schule gehört. Dieser Wanderweg ist 77 Kilometer lang und verläuft wie die *Deutsche Weinstraße* parallel zum Rhein von Bad Dürkheim bis nach Bad Bergzabern und zum *Deutschen Weintor*."

„Nach Bad Dürkheim wollen wir doch morgen, oder?" Mit der Zeit wurde auch Lilly richtig wach.

„Stimmt", sagte Fabian. „Deshalb müsst ihr auch nicht traurig sein, dass wir nicht auf dem *Mandelpfad* wandern gehen. Ihr seht ihn auf unseren Ausflügen sowieso."

Kurze Zeit später kamen sie in Edenkoben an.

„Das ist ja ein lustiger Name, wenn auch ein bisschen doppelt gemoppelt", stellte Lilly bei einem Blick auf das Schild der Bäckerei fest: „De' Bäcker Becker".

„Du hast recht", sagte Melanie, „das könnte man auf den ersten Blick meinen. In Wirklichkeit ist es aber so, dass diese Bäckerei von der Familie Becker betrieben wird."

„Na, mit dem Namen konnten sie ja eigentlich auch keinen anderen Beruf ergreifen", meinte Nikolas grinsend.

Fabian, der in der Schule Latein hatte, fügte hinzu: „Nomen est omen!"

„Hä?“ Nikolas sah ihn fragend an. „Was war denn das?“
„Das ist eine Redewendung“, erklärte Fabian, und ihm war anzumerken, dass er ein bisschen stolz war, sie seinen Freunden erklären zu können. „Sie bedeutet: ‚Der Name ist ein Zeichen.‘ Das sagt man so, wenn jemand einen Namen hat, der besonders gut zu ihm passt.“
In diesem Moment kam auch schon Silke Becker aus der Backstube und begrüßte sie alle freundlich. „Nanu“, sagte sie. „Die Gruppen, die sonst hierherkommen, sind eigentlich größer. Aber mit Ihrer Pfalzcard sind Sie natürlich hier auch völlig richtig, denn damit bieten wir die Führungen, die wir sonst mit Schulklassen machen, auch für kleinere Gruppen an. Sie können sich nicht vorstellen, wie viele Kinder heutzutage denken, das Brot käme aus dem Supermarkt.“
Nun führte sie die kleine Mannschaft in die Backstube und erzählte ihnen, wie das Leben einer Bäckerfamilie, oder in diesem Fall der Becker-Familie, aussah. „Gebacken wird nämlich immer in der Nacht, und viele Arbeitsschritte nimmt uns die Technik inzwischen ab. So wird das Mehl in Silos im Keller gelagert, die dafür sorgen, dass die Temperatur immer gleich bleibt.“
Zu ihrer Überraschung erfuhren die Kinder, dass in jedem Brot zwar neues Mehl und frisches Wasser, aber auch etwas älterer Sauerteig verarbeitet wird, damit der Teig richtig aufgeht. „Einmal pro Woche muss eine Probe des Sauerteigs an ein Labor geschickt werden, damit alles seine Ordnung hat. Es gibt einen Portionierer, der immer die richtigen Mengen der Zutaten abwiegt, aber geknetet, oder

‚gewirkt', wie wir Bäcker sagen, werden die Brote immer noch von Hand. Doch auch süßes Gebäck wird in der *Gläsernen Backstube* hergestellt."

Lilly sah sich die Auslage an und leckte sich die Lippen: „Hm, Plunderstücke!"

„Ganz recht", bestätigte Silke Becker, „aber wir arbeiten hier auch mit Blätterteig."

„Den kennen wir", freute sich Nikolas. „Mama kauft ihn immer tiefgefroren, dann ist das Backen ein Kinderspiel."

„Das stimmt", sagte Frau Becker. „Aber wenn man den Teig selbst macht, ist es nicht ganz so einfach. Unser Blätterteig besteht zum Beispiel aus 144 Schichten Fett und 145 Schichten Teig."

Bei dieser Vorstellung blieb Nikolas der Mund vor Staunen offen stehen. Fabian neckte ihn: „Du kannst den Mund ruhig wieder zumachen, den Kuchen gibt's erst nach der Führung."

Damit hatte er zweifellos recht, denn Silke Becker erzählte ihnen nun noch etwas über die Spezialitäten dieser Gegend. „Bei uns werden zum Beispiel gern Kastanien verwendet."

„Kastanien? Die kann man essen?", fragte Lilly.

„Ich meine die Esskastanien", erwiderte Frau Becker freundlich. „Unsere Verkaufsschlager sind zum Beispiel das Kastanienbrot und der Kastanienrotweinkuchen."

„Das Brot möchte ich auch mal probieren", sagte Nikolas.

Doch Silke Becker musste ihn enttäuschen: „Da musst du im Herbst wiederkommen. Diese Backwaren gibt es bei uns nur in der Kastaniensaison, also ungefähr ab Ende August."

„Das ist aber auch schwierig hier. Für alles, was man sich anschauen möchte, braucht man einen Kalender“, stellte Nikolas fest.

„Zumindest wenn es mit der Natur und der Ernte zusammenhängt“, gab ihm Frau Becker recht. „Aber dafür könnt ihr jetzt unsere beliebten Mandelkekse probieren. Die backen wir immer zur Mandelblüte.“

Beherzt griffen alle zu. Das Gebäck sah sogar aus wie Mandelblüten, und über das rosafarbene Baiser waren gehobelte Mandeln gestreut. Mama kaufte gleich noch ein paar Tüten mehr für die Lieben daheim.

Zum Abschied hatte Silke Becker noch einen Tipp: „Wenn ihr mal wieder in der Pfalz seid, könnt ihr bei meinem Mann Claus einen Backkurs für Kinder machen, danach seid ihr echte Keksexperten. Und die Erwachsenen können von ihm das Brot backen lernen. Claus ist einer von ganz wenigen Brotsommeliers in Deutschland.“

Mama staunte: „Ich dachte immer, solche Experten gibt es nur für Wein. Das klingt ja spannend! Da müssen wir wohl auf jeden Fall nochmal wiederkommen.“

„Auf jeden Fall!“, sagte Melanie lächelnd.

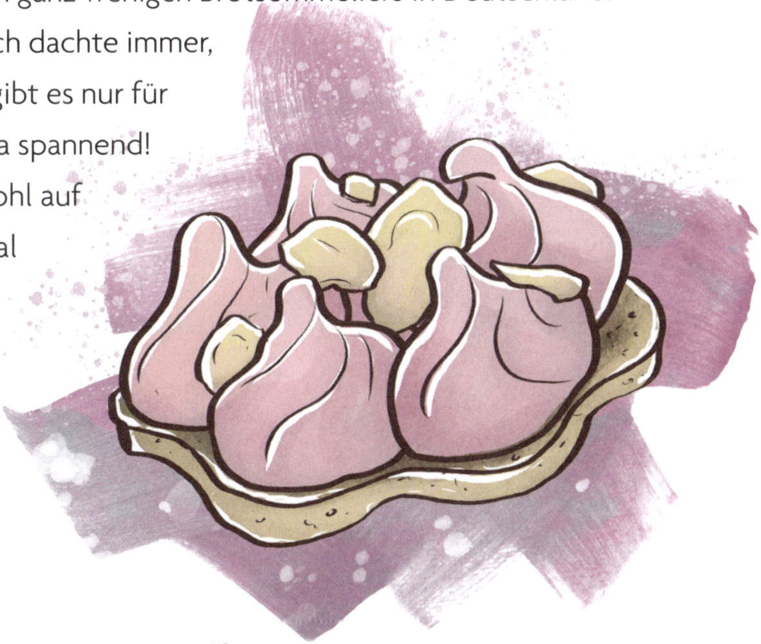

EIN TRAPPER AUS DER PFALZ

„Jetzt möchte ich euch noch etwas zeigen“, verkündete Melanie, als sie wieder auf dem Parkplatz standen.

„Na, du machst es ja spannend“, sagte Papa.

„Ich denke, das wird euch alle interessieren und ist direkt hier in Edenkoben“, meinte Melanie.

Da sie sich in dieser Gegend gut auskannte, schaltete Papa das Navigationsgerät aus und ließ sich von ihr sagen, wie er fahren musste. Wenige Minuten später führte Melanie sie vom Parkplatz in der Innenstadt auf einen kleinen Platz, in dessen Mitte ein großer Brunnen stand.

„Der *Lederstrumpfbrunnen*!“, rief Fabian aus. „Wie konnte ich das nur vergessen! Ich habe doch gerade erst gelesen, dass er in Edenkoben ist.“

„Ein bisschen komisch ist dieser Name schon, findet ihr nicht?“, fragte Nikolas. „Außerdem sehe ich hier keinen einzigen Strumpf. Nur drei Männer, einen Hund und ein paar Biber, von denen einer geflochtene Zöpfe hat.“

„Und was sagt dir das?“

Fabians Frage klang fast wie eine Leistungskontrolle vor der ganzen Klasse. Doch das konnte Nikolas nicht einschüchtern: „Dass das ein Brunnen von Gernot Rumpf ist, das ist ja klar. Aber warum hat er einen so seltsamen Namen?“

„Ihr kennt den Lederstrumpf wirklich nicht, oder?", schaltete sich Papa ein, und jetzt war ihm die Verwunderung deutlich anzusehen.
„Müssten wir?" Nun klang Nikolas doch etwas zaghaft.
„Nein, müsst ihr natürlich nicht, aber in meiner Kindheit wussten die meisten Jungs, wer er war", antwortete Papa und erzählte: „Ich habe diese Bücher von meinem Vater geschenkt bekommen, der sie auch bereits als Kind geliebt hat."
„Dann müssen die Bücher ja ganz schön alt sein."
„Älter, als du wahrscheinlich denkst, auch wenn die Bücher, die bei uns zu Hause stehen, neueren Datums sind", antwortete Papa. „Der erste Band wurde vor fast 200 Jahren von einem gewissen James Fenimore Cooper geschrieben."
„Und worum geht es darin?", wollte Lilly wissen.
„Um einen Trapper in Amerika. Ihr wisst doch, Trapper waren Jäger und Fallensteller, und dieser Lederstrumpf, wie er in den Romanen hieß, lernte das Jagen und Überleben in der Wildnis von den Ureinwohnern Amerikas. Mit seinen Fähigkeiten hat er dann im amerikanischen Unabhängigkeitskrieg gekämpft. Vielleicht kennt ihr ja die Redewendung ‚der letzte Mohikaner', wenn jemand allein auf einem bestimmten Posten übrigbleibt. Das ist eigentlich der Titel eines Lederstrumpf-Romans."
„Aha", sagte Nikolas, „aber was hat das alles mit der Gegend hier zu tun? Amerika ist weit weg, und der Schriftsteller kam ja wohl auch nicht von hier, oder?"
„Nein, der Schriftsteller nicht", antwortete Papa, „aber Lederstrumpf selbst. Zumindest ist das eine sehr wahrscheinliche

Version der Geschichte. Johann Adam Hartmann aus Edenkoben ist nämlich mit sechzehn Jahren nach Amerika ausgewandert und dort Trapper geworden. Allem Anschein nach war er das Vorbild für die Lederstrumpf-Bücher. Das ist umso wahrscheinlicher, weil James Fenimore Cooper selbst die Pfalz bereist hat und dabei auch in die Gegend von Edenkoben kam."

„Na, das ist ja 'n Ding!", ließ sich nun auch Fabian wieder hören, der bis dahin interessiert gelauscht hatte. „Dann ist der Mann mit dem Schreibpult dort drüben sicher der Schriftsteller, oder?"

„Nein", erwiderte Melanie, „das ist ein anderer berühmter Pfälzer: Max Slevogt. Er war Maler und hat auch die Lederstrumpf-Bücher illustriert."

„Na, dann passt ja alles wieder zusammen", meinte Nikolas und sah dabei aus dem Augenwinkel, wie Fabian den Brunnen nun schon zum dritten Mal umrundete. Er brauchte ihn gar nicht zu fragen, um zu wissen, wonach er suchte.

„Wieder nichts?", murmelte er deshalb, als Fabian das nächste Mal bei ihm vorbeikam. Dieser schüttelte wortlos den Kopf.

„Langsam finde ich das aber auch seltsam", sagte Melanie plötzlich völlig unvermittelt. Natürlich! Sie kannte ihren Sohn schließlich am besten und wusste daher auch ohne viele Worte, was ihn gerade am meisten bewegte. „Hier, unter dem Pult des Malers, müsste eigentlich ein Mäuschen sitzen, aber da ist nur ein kleines Loch an der Stelle, an der es befestigt war."

Das konnten auch Mama und Papa nicht leugnen, und als sie Melanies besorgte Miene sahen, begannen sie zu ahnen, dass diese

Mäuse wahrscheinlich doch mehr waren als einfache Metallfiguren. Lilly wollte Melanie und Fabian aufmuntern und sagte: „Aber dafür haben wir hier wieder eine hübsche schwarze Katze." Sie zeigte auf ein Graffiti gegenüber dem Brunnen. „Diesmal sieht sie sogar noch hübscher aus als die anderen beiden. Schaut mal, man könnte fast denken, sie lächelt."

Melanie dachte nach. „Wer weiß", sagte sie kurz darauf, „vielleicht ist das Ganze ja ein Kunstprojekt. Aber eigentlich wäre es doch schöner, wenn man dann Katzen und Mäuse sehen könnte."

„Wir haben ja noch ein paar Tage vor uns", munterte Papa sie auf. „Ich verspreche dir, bei jeder Gelegenheit nach den Mäusen zu suchen. Es wäre doch gelacht, wenn sich diese Sache nicht aufklären ließe!"

Das hofften Melanie und Fabian auch, und weil der Tag vorher so pickepackevoll gewesen war, fuhren sie jetzt etwas früher nach Hause und machten sich einen gemütlichen Nachmittag mit frischen Keksen vom Bäcker Becker und leckerem Tee.

NATUR + GESCHICHTE ☼ NATURGESCHICHTE

Am nächsten Tag ging es nach Bad Dürkheim. Darüber, dass sie unbedingt dorthin wollten, waren sich die Kinder einig gewesen, denn dort gab es wirklich für jeden etwas: ein Naturkundemuseum, eine Burg und ein Spaßbad. Dieser Tag konnte nur gut werden! Melanie musste zwar wieder arbeiten, aber die anderen hatten versprochen, ihr am Abend alles haarklein zu berichten.

„Na, womit wollen wir anfangen?“, fragte Papa, als sie ankamen.

Da es mittlerweile begonnen hatte zu regnen, stellte sich die Frage ohnehin nicht mehr, und alle waren sich einig: „Mit dem Museum!“

Im *Pfalzmuseum für Naturkunde* gab es viel zu sehen, und Lilly, Nikolas und Fabian mussten sich erst einmal orientieren. „Schaut mal: Urzeittiere!“, staunte Fabian.

„Schmetterlinge!“, freute sich Lilly, und Nikolas musste eine Überschrift zweimal lesen, weil er dachte, er hätte sich vertan: „Pfalz und Polarforschung“.

„Die Pfälzer sind aber ganz schön viel herumgekommen, was?“, fragte er Fabian, als er herausgefunden hatte, dass dieser Teil der Sonderausstellung einem gewissen Professor Georg Balthasar Ritter von Neumayer gewidmet war, der, wie es auf dem Schild hieß, „einer der berühmtesten Naturwissenschaftler Deutschlands und eine der bekanntesten Persönlichkeiten der Pfalz“ gewesen war. Er hatte vor mehr als hundert Jahren gelebt und sich als Geophysiker besonders für die Antarktis interessiert. Nun erinnerte eine Vitrine an Georg von Neumayer, und man konnte sich neben den Geräten und Forschungsinstrumenten, die zu seiner Zeit verwendet wurden, auch die Ehrungen ansehen, die er erhalten hatte.

„Schaut mal: Das ist ja interessant!“ Lilly machte die Jungs auf weitere Ausstellungsstücke aufmerksam. „Hier erfährt man, wie sich die Kleidung der Polarforscher entwickelt hat. Dort drüben ist sogar ein kompletter Anzug, wie er heute getragen wird.“

„Hier gibt es eine Karte mit den Forschungsergebnissen von Alfred Wegener“, sagte Nikolas. „Wenn ich nur wüsste, wo ich den Namen schon einmal gehört habe!“

„Alfred Wegener hat sich mit der Bewegung der Kontinente befasst“, kam ihm Papa zu Hilfe. „An einem Haus im Zentrum von Berlin gibt es eine Gedenktafel für ihn.“

„Genau! Das war's!“ Nikolas freute sich, dass es ihm nun auch wieder eingefallen war, und zu Fabian sagte er: „Siehst du, da haben deine und meine Heimat doch zumindest schon mal ein Forschungsgebiet gemeinsam.“

Lilly war inzwischen mit Mama schon zu den Schmetterlingen gegangen, wurde aber ein wenig enttäuscht: „Das sind ja gar keine lebendigen Schmetterlinge“, flüsterte sie Mama zu.

„Natürlich nicht“, erwiderte Mama lächelnd. „Wie sollten sie denn auch in einem Museum gehalten werden? Hier sind sie doch zu einem ganz anderen Zweck ausgestellt. Siehst du, hier steht, dass Schmetterlinge sehr anfällig sind für Veränderungen in ihrer Umwelt. Deshalb dienen sie sozusagen als Mustertiere für

Studien zum Umweltschutz. Sammlungen wie diese hier geben Auskunft über die Artenvielfalt in einer gewissen Region. Wenn man über einen gewissen Zeitraum beobachtet, welche Schmetterlingsarten sich wo ansiedeln, kann man sogar Aussagen über Klimaveränderungen treffen." Das leuchtete Lilly ein. Am Skelett des Auerochsen aus der Urzeit lief sie etwas schneller vorbei, und in einem Raum mit einem Mikroskop traf sie wieder auf die Jungs.

„Schlüssel zur Natur – Bestimmung des Lebens" stand über dem Tisch, auf dem es aufgebaut war. Hier konnte man verschiedene Tiere untersuchen und anhand der Beschreibungen von Merkmalen bestimmen. Wer wollte, konnte sogar seinen eigenen Bestimmungsschlüssel entwickeln, zum Beispiel für Spielzeugfahrzeuge. Dafür musste man sich Fragen ausdenken, deren Antworten halfen, den jeweiligen Gegenstand nach und nach immer genauer zu beschreiben. Man musste nur darauf achten, dass man sich immer von einer Entscheidungsfrage zur nächsten vortastete. Im Museum konnte man auf diese Weise auch Böden und anderes bestimmen.

„Das ist ja toll“, sagte Fabian zu Nikolas. „Das kommt in der Schule bestimmt bald in Bio dran. Dann haben wir den anderen schon etwas voraus!“ Bis dahin musste Lilly zwar noch etwas warten, aber sie versuchte trotzdem, sich alles genau einzuprägen.

„Guck mal, ein komplettes Skelett!“, rief Nikolas, als sie gemeinsam weitergingen. Er fand diesen Saal besonders toll.

Hier konnte man entdecken, wie die Urformen unserer heutigen Tiere ausgesehen haben, und etwas über die Entwicklungsgeschichte der Erde erfahren. In großen Vitrinen mit Bildern von Sauriern waren Fossilien, versteinerte Abdrücke von Tieren und Pflanzen aus dem jeweiligen Erdzeitalter zu sehen.

„Das ist ja die perfekte Ergänzung zu den Sauriern auf dem Gartenschau-Gelände", meinte Fabian. „Ich glaube, ich werde mal vorschlagen, dass wir mit der Klasse einen Ausflug hierher machen."

„Dann solltet ihr euch unbedingt auch die Mineralienausstellung ansehen", riet ihm Nikolas. „Ich habe so etwas in Freiberg gesehen, das ist unheimlich interessant. Komm, wir gucken mal, welche Steine es hier alles gibt."

Mit diesen Worten zog er seinen Freund hinter sich her, und Lilly musste sich beeilen, um nicht den Anschluss zu verpassen.

Nachdem sie sich die Vitrinen mit den Mineralien aus der Pfalz und aus anderen Regionen Deutschlands angesehen hatten, fanden sie auf einem Tisch noch mehr Informationen. Hier erfuhren sie, nach welchen Merkmalen man Mineralien unterscheidet: nach der Härte, nach der Art, wie sie brechen und nach dem spezifischen Gewicht, also ob sie beispielsweise in Wasser schwimmen wie Bimsstein oder untergehen wie Bleiglanz.

Direkt in der Nähe des Tisches bemerkten sie auf einmal einen Vorhang. „Was meint ihr, ob man da hinein darf?", fragte Lilly zögerlich.

„Klar", antwortete Fabian völlig überzeugt. „In einem Museum muss man sich doch alles ansehen können."

Schon war er hinter dem Vorhang verschwunden.
Lilly und Nikolas gingen ihm nach und standen kurze Zeit später in einem stockdunklen Raum.
„Schau mal, was leuchtet denn da so schön bunt?“, fragte Lilly, als sich ihre Augen an die Dunkelheit gewöhnt hatten.
„Das sind Mineralien“, sagte Fabian, der es schon geschafft hatte, sich ein wenig zu orientieren.
Nikolas, der in der Schule bereits Physik hatte, ergänzte: „Wenn bestimmte Steine mit ultraviolettem Licht angestrahlt werden, leuchten sie in den schönsten Farben. Licht kann doch unterschiedliche Wellenlängen haben. Je nachdem, welche man verwendet, ändern sich auch die Farben der Steine. Siehst du, der Fluorit hier ist richtig lila.“
Als sie den Raum wieder verlassen hatten, blieb Lilly vor einer Schautafel stehen.
„Hier haben wir es ja“, sagte sie. „Weil der Fluorit so schön leuchtet, nennt man das auch ‚Fluoreszieren‘.“
„Ja“, las Fabian weiter vor, „und wenn es noch leuchtet, nachdem die Lichtquelle verschwunden ist, heißt es ‚Phosphoreszieren‘, denn Phosphor leuchtet auch danach noch eine Weile ganz grün.“
Eine weitere Vitrine gab darüber Auskunft, wofür Mineralien im Alltag verwendet werden. „Eigentlich findet man solche Ausstellungen doch häufig in ehemaligen Bergbaugebieten“, meinte Nikolas.
„Das hast du völlig richtig beobachtet“, sagte Papa, der inzwischen wieder bei den Kindern war. „In der Pfalz wurde seit den Zeiten

der Römer und der Kelten vor allem Erzbergbau betrieben. Hier gab es Kupfer-, Eisen-, Blei- und auch Quecksilbererze. Allerdings wurde der Abbau schon in der Mitte des vorigen Jahrhunderts eingestellt, weil er nicht mehr wirtschaftlich war. Aber einige Besucherbergwerke gibt es noch."

„Dorthin könntet ihr auch einmal einen Ausflug machen", schlug Nikolas Fabian vor, „glaub mir, das lohnt sich wirklich, denn dort erfährt man sowohl etwas über die Steine als auch über die Geschichte des Bergbaus."

„Aha", antwortete Fabian und grinste, „dann haben wir also alles zusammen: die Natur und die Geschichte, die ganze Naturgeschichte!"

„So könnte man es sagen", meinte nun auch Papa lachend und wuschelte Fabian durch das Haar, „aber nun sollten wir uns aufmachen zur *Hardenburg*, schließlich wartet da auch noch ein Stück Geschichte auf uns!"

Sie fanden Lilly und Mama im Museumsshop, wo sie sich gerade ein paar schön geschliffene, bunte Steine als Andenken aussuchten.

ALS BURGFRÄULEIN BEI DEN LEININGERN

Bis zur *Hardenburg* war es von Bad Dürkheim aus nicht weit, denn auch sie lag am Rand des Pfälzerwaldes. Da sie sich aber, wie es sich für eine Burg gehört, auf einer Anhöhe befand, mussten Lilly, Nikolas, Fabian und die Eltern erst einmal ein Stückchen laufen. Das machte ihnen jedoch nichts aus.

„Schaut doch mal, von hier aus hat man wirklich einen schönen Blick", sagte Mama, als sie an der Burg angekommen waren.

„Warte nur, bis du das alles von oben siehst", versprach ihr Papa, der sich schon Bilder im Internet angesehen hatte.

Zuerst blieben sie aber in dem neuen Informationszentrum, denn es nieselte noch immer, und hier gab es eine Ausstellung über das Leben auf einer Burg. Die *Hardenburg* war zwar schon im 13. Jahrhundert errichtet, in den darauffolgenden Jahrhunderten aber immer wieder erweitert worden, und schließlich kam sogar noch ein Schloss hinzu. Die Burgherren waren die Grafen von Leiningen gewesen.

„Nach diesen Grafen ist auch das Leiningerland benannt worden, eine historische Region in der Pfalz", erklärte Papa.

„Nanu, woher weißt denn du das?", fragte Mama erstaunt. Papa lächelte verschmitzt: „Ich lese doch gern diese Zeitschrift über verschiedene Weine. Dort wurde über das Leiningerland berichtet, weil hier eine bekannte Weingegend ist."

„Sieh mal, da steht ja sogar ein Trinkgefäß aus der Zeit der Grafen!" Nikolas stupste ihn an.
Lilly wollte es sich auch gleich ansehen, blieb dann aber erstaunt vor der Vitrine stehen: „Das hatte ich für einen Schuh gehalten", sagte sie. „Aber wenn der aus Ton ist, wie dort steht, ist es ja gut, dass ihn niemand anziehen musste. Das wäre doch ziemlich unbequem geworden."
Sie sahen noch viele andere Gegenstände, die man bei Ausgrabungen auf dem Burggelände gefunden hatte: Spielzeug wie Murmeln, Würfel und kleine Figuren, aber auch Gefäße und vieles andere. Auf großen Informationstafeln erfuhren sie etwas über das Leben auf der Burg und darüber, wie die Burg beheizt und mit Wasser versorgt wurde.
„Der Regen hat aufgehört", sagte Lilly, als sie genug gelesen und angeschaut hatte. „Können wir jetzt die Burg erkunden und uns das ganze Gelände ansehen?"
Ihr Vorschlag stieß auf allgemeine Zustimmung, und so liefen sie treppauf, treppab und sahen sich die ganze Burganlage an, die, wie sie erfuhren, immerhin eine der mächtigsten der ganzen Pfalz war.
„Und das will schon etwas heißen", sagte Fabian stolz, „denn in der Pfalz gibt es wirklich viele davon."
Sie liefen über den Burghof, und als sie in den Garten mit den schnurgeraden Wegen und säuberlich gepflegten Rasenflächen kamen, sagte Lilly: „Ich kann mir richtig vorstellen, wie die Burgfräulein hier mit ihren Sonnenschirmen spazieren gegangen sind."

„Da wärst du wohl auch gern dabei gewesen? Eigentlich kann ich mir dich als Burgfräulein ganz gut vorstellen. Bloß gut, dass die Schuhe nicht aus Ton waren, sonst hättest du dir dabei vielleicht noch Blasen gelaufen", neckte Nikolas sie, und schon rannte Lilly ihm hinterher, um ihn zu fangen. Als sie sich ausgetobt hatten, schauten sie durch Gucklöcher im Turm ins Tal hinunter und genossen die herrliche Aussicht.

„Seht mal, was für ein schönes Tor!", sagte Mama kurz darauf und zeigte auf eine Maueröffnung mit einem geschwungenen Rahmen aus rotem Sandstein. „Das ist das sogenannte *Lilienportal*."

„Ich finde ja den *Kugelturm* besonders interessant", meinte Papa. „Seht mal, die halbrunden Vorsprünge im Mauerwerk sehen wirklich so aus, als seien dort Kanonenkugeln stecken geblieben."

„Bei all dem, was man hier sehen kann, ist es gar nicht schlimm, dass die Burg gar keine richtige Burg mehr ist, sondern eine Ruine“, stellte Fabian fest.
„Genau, und wer weiß, ob wir bei einer richtigen Burg überall langlaufen und auf die Türme klettern dürften“, fügte Nikolas hinzu. Die beiden waren sich einig: So macht Geschichte Spaß!
Als sie wieder zum Auto zurückliefen, sagte Papa: „Ehe wir zum Spaßbad fahren, habe ich noch eine Überraschung für euch.“ Er stieg ins Auto und ließ sich zu keiner weiteren Erklärung bewegen. Umso größer war die Verwunderung der Kinder, als sie bemerkten, dass er wieder aus Bad Dürkheim hinausfuhr.
„Moment mal“, widersprach Fabian. „Das Spaßbad ist aber in Bad Dürkheim, gleich gegenüber vom *Gradierwerk*.“
„Was ist denn ein Gradierwerk?“, fragte Nikolas.
„Dort wird Salz hergestellt“, antwortete Mama. „Man kann es gut an den großen schräg stehenden Holzbalken erkennen.“
„Salz kann man auf verschiedene Weisen gewinnen“, fügte Fabian hinzu. „Das hatten wir mal in der Schule. In einem Gradierwerk lässt man das Wasser aus einer von Natur aus salzhaltigen Flüssigkeit verdunsten. Diese sogenannte Sole sprudelt hier aus einer unterirdischen Quelle. Am Ende bleibt dann nur noch das Salz übrig. Dieser Vorgang heißt ‚Gradieren‘. Das Spaßbad heißt übrigens *Salinarium*. Ihr seht, auch dieser Name hat mit Salz zu tun.“
„Ist denn das Wasser da auch salzig?“, wollte Lilly wissen.
„Nur in einem Becken“, sagte Fabian. „Aber auf jeden Fall müssen wir dafür gar nicht aus der Stadt hinausfahren.“

„Ich weiß", erwiderte Papa geheimnisvoll. „Was ich euch zeigen will, ist aber nicht in Bad Dürkheim, sondern in Deidesheim."
„Na, so was!" Nun staunte Fabian noch mehr. „Was gibt es denn da zu sehen?"
„Etwas, das euch sicher interessieren wird", antwortete Papa und fuhr unbeirrt weiter.
Kurze Zeit später parkte er das Auto in Deidesheim, und nachdem sie einige Schritte gelaufen waren, sah Nikolas seinen Papa dankbar an. „Du hast auch noch einen Brunnen von Gernot Rumpf ausfindig gemacht?", fragte er.
Papa nickte. „Na ja, so schwer ist es ja nicht, immerhin findet man die Liste seiner Werke im Internet. Das hier ist der *Geißbock-brunnen*. Er erinnert an einen Brauch, der bis heute in Deidesheim gepflegt wird, die Geißbockversteigerung. Nach einer alten Vereinbarung muss nämlich die Gemeinde Lambrecht für Weiderechte und Ähnliches jedes Jahr einen Geißbock an Deidesheim abgeben, und der wird dann hier versteigert."
„Ah, deshalb die vielen Zicklein!", stellte Lilly fest und stellte sich gleich hinter das Bronzekleid, das sie schon aus Kaiserslautern kannte. Wenn man es geschickt anstellte, konnte man sich hier aber noch den Kopf mit geflochtenen Haarschnecken verzieren, doch dafür war Lilly etwas zu klein. Dafür musste der Kopf nämlich so über das Kleid hinausragen, dass er zwischen zwei Haarschnecken aus Metall passte.
„Macht ja nichts", sagte Fabian großzügig. „Du siehst auch so aus wie ein echtes Burgfräulein!"

Das freute Lilly. Doch kurz darauf hatte sich Fabians Laune schon wieder deutlich verschlechtert, denn auch an diesem Brunnen war weit und breit kein Mäuschen zu sehen. Allerdings hatten sie wieder eine schwarze Katze entdeckt. Inzwischen hatten sie auch danach das Internet geradezu durchkämmt, doch von einem Kunstprojekt „Katzen statt Mäuse“ oder etwas Ähnlichem war nirgends die Rede gewesen.

„Ich begreife das nicht“, meinte nun auch Nikolas. „Hoffentlich bekommen wir, solange wir hier sind, noch heraus, wohin sie alle verschwunden sind.“

„Lasst den Kopf nicht hängen!“, erwiderte Papa. „Morgen sind wir doch in Neustadt. Ich habe gelesen, dass dieser Herr Rumpf dort seine Werkstatt hat. Vielleicht wissen die Leute da ja mehr über den Verbleib der Mäuse.“

Lilly und Nikolas klammerten sich an diesen Strohhalm, und auch Fabian ließ sich den Tag nicht vermiesen und tollte kurze Zeit später mit den anderen auf den Wasserrutschen des *Salinariums* herum.

HINAUF ZUM SCHLOSS, ZUM SCHLOSS!

„Meint ihr, wir finden die Bildhauerwerkstatt in Neustadt?“, fragte Nikolas seine Eltern, als sie am nächsten Morgen wieder im Auto saßen.

„Halt, halt, immer langsam mit den jungen Pferden“, erwiderte Papa, „so schnell schießen die Preußen nicht!“

„Die Pfälzer“, korrigierte Fabian.

Nun musste Mama lachen. „Da hast du sicher recht, aber das ist doch nur so eine Redewendung, und da ist eben von den Preußen die Rede. Was Thomas eigentlich sagen wollte, ist, dass wir nichts überstürzen sollen, weil wir euch zuerst noch etwas anderes zeigen möchten.“

„Noch einen Brunnen?“, fragte Lilly.

„Nein“, sagte Mama, „das kommt später. Jetzt geht es zuerst noch an einen Ort, der für die deutsche Geschichte eine große Bedeutung hat.“

„Hinauf, Patrioten, zum Schloss, zum Schloss!“, rief Papa, als sie auf dem Parkplatz ausgestiegen waren, und wieder sahen ihn alle verwundert an. Irgendwie hatte er es gerade mit den Redewendungen.

„Wo kommt das nun wieder her?“, wollte Nikolas wissen.

„Das war ein Lied, das die Menschen gesungen haben, als sie 1832 zum *Hambacher Schloss* hinaufstiegen.“

„Konnte man das denn zu der Zeit schon besichtigen?“, wollte Lilly wissen.
„Möglicherweise, aber damals war es eine Ruine. In jenem Mai fand dort allerdings das berühmte Hambacher Fest statt.“
„Cool, eine Party!“, freute sich Lilly. „Ist da heute auch wieder etwas los?“
„Ganz bestimmt, allerdings kein Fest, sondern der normale Museumsbetrieb“, vermutete Mama.
„Weil es später wieder ein richtiges Schloss war?“, fragte Lilly weiter.
„Nein, weil das Hambacher Fest so wichtig war, dass man ihm dieses Museum gewidmet hat. Ein wenig erfährt man aber auch über die Vergangenheit des Gebäudes, das früher in dieser Gegend als ‚Keschdeburg‘, also ‚Kastanienburg‘ bekannt war, weil rundherum schon damals lauter Kastanienbäume wuchsen.“
„Weht deshalb auch die Deutschlandfahne über dem Schloss?“, erkundigte sich Nikolas. „Das habe ich bisher nur in Berlin am Schloss Bellevue gesehen, aber da wohnt ja auch der Bundespräsident.“
„Ganz unrecht hast du mit diesem Vergleich nicht, allerdings könnte man sagen, dass das Schloss hier sozusagen die Geburtsstätte der deutschen Fahne ist. Hier hat sie zum ersten Mal eine große Bedeutung bekommen.“
Inzwischen waren die fünf am Schloss angelangt, und dank ihrer Pfalzcard konnten sie auch sofort hineingehen. Diesmal gab es sogar eine Führung, und so erfuhren sie, dass die Pfalz gar nicht

immer zu Deutschland gehört hat. Vor mehr als 200 Jahren war sie eine Region Frankreichs gewesen und hatte deshalb auch ein für die damalige Zeit sehr fortschrittliches Gesetzbuch, in dem die Regeln des Zusammenlebens festgelegt waren.

Der Museumsführer erklärte: „Der sogenannte ‚Code Civil' war nämlich nach der Französischen Revolution entstanden, deren wichtigste Ideale Freiheit, Gleichheit und Brüderlichkeit waren. 1814 jedoch tagte der Wiener Kongress, bei dem Europa neu aufgeteilt wurde. Von da an stand die Pfalz unter der Regierung Bayerns. Nun galten statt des ‚Code Civil' bayerische Gesetze, die für die Pfälzer

Bevölkerung sehr hart waren. Stellt euch einmal vor", sagte der junge Mann zu den Kindern, „obwohl fast die Hälfte des Gebietes der Pfalz aus Wäldern bestand, mussten die Menschen im Winter frieren, weil der Wald der bayerischen Regierung gehörte und diese das Holz für viel Geld versteigern ließ. Holzdiebstahl wurde hart bestraft. Wer die Strafe nicht bezahlen konnte, landete im Gefängnis. Das galt sogar für Kinder."

„Und aus diesem Grund haben die Menschen hier ein Fest veranstaltet?", fragte Nikolas und runzelte die Stirn.

„Nein, das Fest war keine Party, wie man sie heute kennt. Es war vielmehr ein Protest gegen die damalige Politik. Doch das durfte offiziell nicht gesagt werden, denn Veranstaltungen gegen die Regierung waren verboten. So wurden bei dem Fest viele Reden gehalten und ein stärkeres Mitbestimmungsrecht des Volkes gefordert. Damals haben sich übrigens auch Schwarz, Rot und Gold als deutsche Nationalfarben eingebürgert. Eine deutsche Fahne wie heute gab es nämlich noch nicht, denn Deutschland bestand zu jener Zeit aus 39 kleineren Staaten. Sie alle hatten ihre eigenen Regierungen, eigene Gesetze und unterschiedliches Geld. Diese Farben standen damals für den Deutschen Bund und damit für eine stärkere Einigkeit der einzelnen deutschen Staaten und wurden von den Teilnehmern des Hambacher Festes an ihrer Kleidung getragen."

„Schaut mal, hier kann man sich einige der Reden anhören", sagte Fabian, der sich schon ein wenig in den Museumsräumen umgesehen hatte. Er deutete auf fünf Hüte aus der Zeit des

Hambacher Festes, die nebeneinander über einer Bank angebracht waren. Je nachdem, unter welchen Hut man sich setzte, konnte man die Organisatoren des Festes, Philipp Jacob Siebenpfeiffer und Johann Georg August Wirth oder andere Redner hören.

In einem weiteren Raum wurden Forderungen der Festteilnehmer mit Artikeln aus dem Grundgesetz verglichen, sodass man sehen konnte, wie vieles von dem, was damals noch ein Traum war, inzwischen verwirklicht wurde.

„Da drüben gibt es sogar Kleidung von damals", rief Lilly begeistert. „Kommt, wir ziehen sie uns an und machen ein paar Fotos damit!"

Gesagt, getan. Obwohl sich die Jungs zunächst etwas sträubten, ließen sie sich schließlich von Lillys Begeisterung mitreißen, und Papa machte witzige Fotos.

Doch es gab noch viel mehr, was den Kindern half, sich in die Zeit des Hambacher Festes zu versetzen: ein großes Modell des bunten Treibens aus Playmobil-Figuren, ein Puzzle, mit dem man die einzelnen größeren und kleineren Staaten zum Deutschen Bund zusammenfügen konnte, und Bänder, aus denen man sich eine Kokarde als Andenken basteln konnte.
„Was ist denn eine Kokarde?", erkundigte sich Lilly bei dem netten Museumsführer.
„Das ist eine Art runde Schleife, die man sich als Zeichen seiner politischen Überzeugung an die Kleidung heftete. Siehst du, hier ist eine genaue Anleitung, wie man das Band zusammenlegen muss, damit man es anschließend mit der Nadel befestigen kann."
Das mussten Lilly, Nikolas und Fabian natürlich gleich ausprobieren, ebenso wie die großen Trommeln, auf die man schlagen konnte, um herauszufinden, wie laut so ein einzelnes Instrument ist.
„Der Festzug zum *Hambacher Schloss* wurde nämlich auch von den verschiedensten Musikanten begleitet, die den Menschen im wahrsten Sinne des Wortes halfen, sich Gehör zu verschaffen. Außerdem gehörte Musik natürlich unbedingt zu einem Fest dazu. Einige Stücke wurden extra für das Hambacher Fest komponiert", erklärte der Museumsführer.
Als sie sich auch die anderen Räume des Schlosses angesehen hatten, kaufte Mama zur Erinnerung ein Buch, in dem sie zu Hause noch einmal alles über die Anfänge der deutschen Demokratie nachlesen konnten.

NOCH IMMER KEINE SPUR

„Jetzt müssen wir aber unbedingt nach Neustadt“, drängelte Nikolas, als sie die letzten Fotos vom Schloss mit der wehenden deutschen Flagge machten. „Wir müssen doch die Werkstatt suchen.“

„Ich glaube nicht, dass ein Künstler begeistert ist, wenn man ihn einfach so in seiner Werkstatt aufsucht, ohne sich vorher anzumelden, schon gar nicht am Wochenende“, erwiderte Mama.

„Na gut.“ Nikolas gab sich geschlagen. „Aber Neustadt ist ja hier ganz in der Nähe. Ansehen können wir es uns doch trotzdem. Vielleicht treffen wir ja Herrn Rumpf und können ihn gleich selbst fragen, was mit den Mäusen passiert ist.“

„Weißt du denn, wie er aussieht?“, fragte Lilly.

„Nein“, musste ihr Bruder zugeben, „aber vielleicht kennt Fabian ihn ja? Er kommt schließlich von hier.“

„Na hör mal, so klein, dass hier jeder jeden kennt, ist die Pfalz nun auch nicht. Das müsstest du doch in dieser Woche schon mitbekommen haben“, meinte Fabian fast ein wenig beleidigt. „Aber ich kann euch noch zwei Stellen zeigen, an denen wir nach den Mäusen suchen können.“

„Na dann, nichts wie hin!“ Inzwischen interessierte sich auch Papa für den Verbleib der kleinen Bronzetiere, und schon saß er im Auto und startete den Motor. Außerdem wollte Melanie in Neustadt wieder zu ihnen stoßen. Es war schließlich Samstag, und sie hatte

nur vormittags noch einige Einkäufe erledigen wollen. Nun aber trafen sie sich im Zentrum von Neustadt, und zwar – wie könnte es anders sein – an einem riesigen Brunnen, dem man schon von Weitem ansah, wer ihn gestaltet hatte.

„Hallo", begrüßte sie die anderen. „Was eine Elwetritsch ist, brauche ich euch ja nun wohl nicht mehr zu erklären. Aber hättet ihr gedacht, dass es so viele verschiedene gibt?"

Nein, das hatten sie tatsächlich nicht. An dem Brunnen waren mehr als ein Dutzend verschiedene Varianten dieser Fabeltiere zu sehen. Eine Elwetritsch schlüpfte sogar gerade erst aus dem Ei.

Die Eltern und die Kinder liefen mehrmals um den Brunnen herum, und plötzlich wurde auch Melanie stutzig.

„Da fehlt was!", sagte sie zwar erschrocken, aber ohne einen Anflug von Unsicherheit in der Stimme.

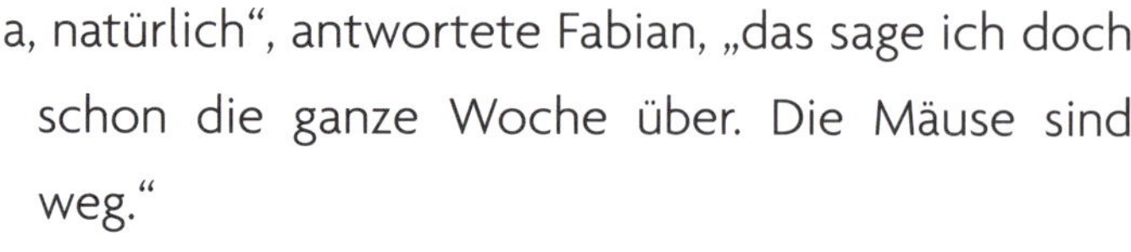

„Ja, natürlich“, antwortete Fabian, „das sage ich doch schon die ganze Woche über. Die Mäuse sind weg.“

„Das schon“, meinte Melanie, „aber hast du dir den Brunnen mal genauer angesehen? Du weißt doch, wo hier das Mäuschen sein müsste.“

„Auweia!“ Jetzt sah es Fabian auch. „Hier fehlt ja die ganze Laterne!“

„Was denn für eine Laterne?“ Nikolas konnte den beiden nicht mehr folgen.

„Die Laterne, die man dem Brauch nach mit zur Elwetritschejagd nimmt“, erklärte Melanie. „An diesem Brunnen sitzt das Mäuschen eigentlich auf der Oberseite der Laterne. Siehst du, die Elwetritsche laufen in den Kartoffelsack hinein, wie es bei der Elwetritschejagd üblich ist, aber die Laterne, die ihnen den Weg dorthin erleuchten müsste, fehlt.“

„Das ist ja ein Ding!“, rief Lilly.

„Das kann kein Zufall mehr sein“, stellte nun auch Mama fest. „Nehmen wir mal an, man hätte die Mäuse restaurieren wollen. Hätte man dann nicht mit dem ältesten Brunnen angefangen und erst, wenn dieser fertig ist, mit dem nächsten weitergemacht? Und wahrscheinlich hätte man dann wirklich nicht nur die Mäuse restauriert, sondern alle Figuren, oder?“

Das ließ sich nicht von der Hand weisen.

„Ich glaube, wir sind uns einig, dass hier etwas nicht mit rechten Dingen zugeht“, sagte Melanie. „Umso mehr, als da hinten wieder so eine schwarze Katze lauert. Und auch wenn ich mir das vielleicht einbilde, scheint es mir, als würde sie etwas höhnisch die Zähne fletschen. Aber wenn wir ganz sicher gehen wollen, sollten wir noch mal am Rathaus vorbeischauen."

„Meinst du, da treffen wir am Wochenende jemanden an?" „Nein, natürlich nicht." Melanie musste lachen. „Ich will ja auch gar nicht *ins* Rathaus. Was ich überprüfen will, steht direkt davor."

Lilly sah Fabian fragend an, doch dieser zuckte nur mit den Schultern. Diesmal hatte auch er keine Ahnung, was seine Mutter vorhatte.

Sie liefen also zum Rathaus, und Nikolas wollte schon sagen: „Aha, die nächste Elwetritsch!", als Melanie, die ihm ein paar Schritte vorausgeeilt war, rief: „Hab ich's mir doch gedacht!"

„Was hast du dir gedacht?", fragte Fabian, denn so aufgebracht hatte er seine Mutter bisher nur selten erlebt.

„Selbst hier haben sie die Mäuse nicht verschont!"

„Waren die bei der Elwetritsch?", fragte Lilly.

„Nein", antwortete Melanie, „das ist ja die bodenlose Frechheit! Sie saßen hier, direkt an der Vorderpfote des Löwen vor dem Rathaustor. Da, wo jetzt das Graffiti von der berühmten Grinsekatze prangt. Die Diebe, und ich gehe inzwischen davon aus, dass es welche waren, müssen die Mäuse also direkt unter den Augen des Bürgermeisters gestohlen haben. Das ist schon wirklich dreist!"

Damit hatte sie zweifellos recht.

„Wie sollen wir denn aber noch herausfinden, wer dahintersteckt?", sagte Nikolas nun fast verzweifelt. „Wir fahren doch morgen schon wieder nach Hause!"

„Wir könnten das Detektivbüro LFN ja auch auf die Entfernung betreiben", tröstete ihn Fabian. „Dann hat es eben zwei Filialen – eine bei Berlin und eine in der Pfalz."

„Lasst uns doch heute Abend erst einmal beratschlagen, ob es nicht doch noch etwas gibt, das wir tun können", schlug Papa vor. „Wir halten noch einmal einen erweiterten Familienrat ab und überlegen, ob es nicht doch eine Lösung gibt." Dieser Vorschlag fand allgemeinen Anklang, und sie machten sich erst einmal auf den Heimweg.

Da jeder seinen Gedanken nachhing, bemerkten die anderen auch nicht, dass Papa sich bückte und etwas vom Boden aufhob.

DIE KATZE LÄSST DAS MAUSEN NICHT

Kaum waren sie wieder in Kaiserslautern, fanden sich alle am großen Esstisch ein und überlegten gemeinsam weiter. Sie saßen vor Melanies Laptop und suchten im Internet nach neuen Informationen.

„Gibt es da nicht so etwas wie eine Bildersuche?", fragte Lilly plötzlich.

Fabian sah sie erstaunt an und erwiderte: „Das schon, aber was soll die uns bringen? Wir wissen doch, wie die Mäuse aussehen."

„Du weißt, wie die Mäuse aussehen", korrigierte ihn Lilly. „Wir haben ja noch keine einzige zu Gesicht bekommen. Aber ich wollte auch gar nicht nach den Mäusen suchen. Nikolas hat doch Fotos von den Katzengraffitis gemacht. Da dachte ich, wir können damit mal nachschauen, ob wir dazu etwas finden. Es ist ja wirklich auffällig, dass überall, wo ein Mäuschen fehlte, eine Katze aufgetaucht ist."

„Nicht ganz", erwiderte Fabian. „In der Kirche in Speyer war kein Graffiti."

„Na, das wäre ja auch noch schöner!", empörte sich nun Melanie. „Ein Graffiti in einer Kirche! Das traut sich hoffentlich nicht einmal ein Dieb! So viel Anstand sollte er doch nun wirklich haben!"

„Entweder das – oder Angst vor einer Überwachungskamera!" Papa hatte es wieder einmal auf den Punkt gebracht.

In diesem Moment unterbrach ihn Lilly ganz aufgeregt. Sie hatte mit den Jungs gemeinsam die Fotos von Nikolas' Handykamera hochgeladen, um im Internet nach passenden Bildern zu suchen. „Seht mal, was hier steht!"

Nun beugten sich alle über den Bildschirm – und trauten ihren Augen nicht. „Das darf doch nicht wahr sein!", rief Mama aus, und Melanie schnappte nach Luft. „Das ist ja die Höhe!", brachte sie mühsam hervor.

„Was habt ihr denn gefunden?", fragte Fabian, der in einem ungünstigen Winkel zum Bildschirm stand.

„Es hat vor einigen Jahren schon einmal Kunstdiebstähle gegeben, bei denen der Täter immer ein Bild von einer schwarzen Katze hinterlassen hat. Das Diebesgut ist nie wieder aufgetaucht, und der oder die Verbrecher wurden nie gefasst. Allerdings hat es seitdem auch keine Straftaten dieser Art mehr gegeben."

„Hoffentlich sind die Mäuse überhaupt noch ganz", sagte Nikolas.

„Wieso denn das?", fragte Fabian erschrocken.

„Na ja, in der letzten Zeit sind doch mehrmals wertvolle Gegenstände aus Museen gestohlen worden. Danach hieß es jedes Mal in den Nachrichten, dass die Experten davon ausgehen, dass man die gestohlenen Gegenstände nicht mehr wiederfände, weil die Diebe sie bestimmt eingeschmolzen und das Material verkauft haben. Denkt bloß mal an die große Goldmünze von der Museumsinsel!"

„Stimmt", fügte Lilly hinzu. „Als der Königsschmuck in Dresden geraubt wurde, hieß es aus genau demselben Grund, man würde ihn wohl nicht zurückbekommen."

„Da kann ich dich beruhigen“, meinte Melanie. „Bronze ist kein übermäßig wertvolles Material. Was diese Mäuse so teuer macht, ist die Tatsache, dass sie von Gernot Rumpf stammen und außerdem einfach schön gearbeitet sind. Sie einzuschmelzen würde den Dieben überhaupt keinen Nutzen bringen.“
„Aber wenn hier alle diese Mäuse kennen, wie kann man sie dann verkaufen?“ Diese Frage ließ Nikolas keine Ruhe. „Dann weiß doch jeder, dass sie gestohlen sind.“
„Das stimmt“, antwortete nun Papa. „Aber leider gibt es immer wieder Menschen, denen das völlig egal ist oder die das nicht wissen können, weil sie nicht aus dieser Gegend stammen.“
„Meinst du wirklich?“ Lilly konnte es sich nicht vorstellen.
„Oh ja“, sagte Papa, „und in diesem Fall bin ich erst recht davon überzeugt.“
„Hast du dafür einen konkreten Anhaltspunkt?“, wollte Melanie wissen.

Papa zog einen kleinen Zettel aus der Tasche, und alle beugten sich über den Tisch, um zu sehen, was darauf stand: „AUKT HAU OTT ÖHN GNU MER M9GR“.
„Woher hast du diesen Zettel?“, erkundigte sich Fabian.
„Er lag vor dem Rathaus und war auch schon ein wenig schmutzig. Ich habe ihn etwas abseits gefunden, in der Nähe der Hinterpfoten des Löwen. Mir kamen diese Zeichen seltsam bekannt vor, deshalb habe ich den Zettel vorsichtshalber mitgenommen. Irgendwo sind mir schon einmal solche Kombinationen aus Buchstaben und Zahlen begegnet“, murmelte Papa. „Wenn ich bloß wüsste, wo.“
„Lass mich mal sehen, was das für Buchstaben sind“, schaltete sich Melanie ein.
Sie sah sich den Schnipsel an und meinte: „Mit dem GNU kann ich auch nichts anfangen, aber OTT könnte für Otterstedt stehen. Da gibt es auch einen Brunnen von Gernot Rumpf, den *Otterbrunnen*. Wahrscheinlich fehlt dort auch ein Mäuschen!“
„Eigentlich hat der Dieb es schon recht clever angestellt“, sagte Papa. „Er hat überall nur ein kleines Detail weggenommen, und wenn man nicht direkt danach sucht, wie ihr es gemacht habt, fällt es zunächst nicht einmal auf. Außerdem lassen sich die Mäuse gut transportieren. So eine Elwetritsch hätte bestimmt mehr Aufsehen erregt.“
„Da hast du sicher recht“, stellte Lilly fest, und wieder sahen alle wie gebannt auf das kleine Stück Papier.
Auf einmal sagte Papa: „Stopp! Das ist es!“
„Das ist was?“, fragte Nikolas.

„Jetzt weiß ich, wo ich eine solche Kombination schon einmal gesehen habe“, erklärte Papa. „Es war bei meiner Arbeit. Die Zeichen, die wir haben, sind nur ein Teil der Lösung. Die anderen Buchstaben fehlen. Wahrscheinlich hat jemand versucht, die Nachricht zu verschlüsseln. Aber um uns hinters Licht zu führen, muss dieser Jemand schon früher aufstehen. Jetzt bin ich mir sicher, dass das Ganze heißen soll: AUKTIONSHAUS SCHOTTER & SÖHNE, KATALOGNUMMER M9GR. Die Katalognummer bedeutet wahrscheinlich ‚9 Mäuse von Gernot Rumpf‘. Für dieses Auktionshaus sollte ich als junger Fotograf mal Bilder von Kunstgegenständen für einen Auktionskatalog machen. Weil mir aber damals schon einiges recht zwielichtig vorkam, habe ich den Auftrag abgelehnt. Dann habe ich mich also nicht getäuscht. Die handeln mit gestohlenen Waren!“

„Jetzt sollten wir ganz schnell herausbekommen, wann und wo die nächste Auktion stattfindet. Vielleicht schaffen wir es ja noch, ihnen das Handwerk zu legen“, schlug Melanie vor.

Sie ging zu ihrem Laptop und loggte sich ins Internet ein. „Da haben wir es! Die sind noch gerissener, als ich gedacht hatte! Morgen findet eine Auktion in Alzey statt.“

„Ist das weit von hier?“, fragte Lilly zaghaft.

„Alzey gehört schon zu Rheinhessen. Das ist weit genug, dass sich bis dorthin nicht unbedingt herumspricht, dass in unserer Gegend die Mäuschen fehlen, aber noch nah genug, dass man auch dort weiß, wer Gernot Rumpf ist. Alzey hat nämlich seinen *Rossmarktbrunnen* von ihm, und ich könnte schwören, dass das Mäuschen da noch an seinem Platz ist!“ Melanie war richtig wütend.

„Dann müssen wir morgen auf jeden Fall nach Alzey“, stellte Nikolas fest. „Das schaffen wir doch auf der Heimfahrt, oder?“ Er sah seine Eltern bittend an.

„Ihr wolltet doch auf dem Rückweg in das *Keltendorf am Donnersberg*“, erinnerte ihn Mama.

„Das können wir uns doch ansehen, wenn wir das nächste Mal hier in der Gegend sind“, sagte nun auch Lilly. „Und außerdem haben wir ja im Saarland schon ganz viel über die Kelten erfahren. Jetzt müssen wir erst einmal dafür sorgen, dass die Mäuschen wieder dorthin zurückkommen, wo sie hingehören, vorher können wir nicht nach Hause.“

Das sahen die Erwachsenen genauso. Deshalb beschlossen sie, am nächsten Tag in aller Frühe aufzubrechen, um rechtzeitig zur Auktion in Alzey zu sein.

Schade nur, dass Alzey so weit von Kaiserslautern entfernt war, dass Melanie und Fabian nicht mitkommen konnten, aber Lilly und Nikolas versprachen, ihnen anschließend alles haarklein zu berichten.

ZUM ERSTEN, ZUM ZWEITEN, KLICK!

An diesem Sonntag standen Lilly und Nikolas ganz gegen ihre sonstige Gewohnheit freiwillig früh auf, denn sie hatten vor Aufregung ohnehin nicht viel geschlafen. Ein echter Kriminalfall! Wer hätte das eine Woche zuvor geahnt! Nun aber packten sie in Windeseile ihre restlichen Sachen und verabschiedeten sich nach dem Frühstück schweren Herzens von Melanie und Fabian.

Im Auto war es danach erstaunlich ruhig, weil jeder die vergangenen Tage noch einmal in Gedanken vorüberziehen ließ. Nur Lilly hatte noch eine Frage: „Was ist eigentlich der Sausenheimer Honigsack?“, wollte sie wissen.

„Wie kommst du denn jetzt darauf?“, fragte Mama zurück.

„Das stand gestern in riesengroßen Buchstaben an einem Berg, und ich fand die Vorstellung lustig, Honig in einen Sack zu stecken.“

Papa musste schmunzeln. „Das ist die Bezeichnung für eine bestimmte Weinlage hier. So nennt man die Anbaugebiete. Fabian hat euch doch erzählt, dass durch die Pfalz die *Deutsche Weinstraße* verläuft. Die Weine haben manchmal seltsame Namen, die häufig an den Weinbergen zu lesen sind, auf denen die Weinstöcke stehen.“

Danach wurde es wieder still.

In Alzey angekommen, ließ es sich die Familie natürlich nicht nehmen, zuerst am *Rossmarktbrunnen* nachzusehen, ob dort das Mäuschen noch vorhanden war.

Das war es tatsächlich, und Lilly bat Papa, es möglichst von allen Seiten zu fotografieren, weil sie es nun endlich zu sehen bekommen hatten.

Nikolas musste unbedingt ausprobieren, ob man auf dem Pferd auch sitzen konnte.

„Nun bist du also Volker von Alzey", lachte Papa.

„Wer ist denn das?", fragte Lilly. „Vorhin habe ich vom Parkplatz aus eine große Schrift gesehen: Willkommen in der Volkerstadt Alzey! Was bedeutet das denn?"

„Volker von Alzey kommt im Nibelungenlied, einer der bekanntesten deutschen Sagen aus dem Mittelalter, vor. Ihr habt während unserer Ferien in Köln einiges darüber gehört. In der Sage war Volker ein Spielmann und Ritter. Das Stammgut seiner Familie soll in Alzey gewesen sein. Das Pferd, auf dem du gerade sitzt", meinte Papa nun zu Nikolas, „soll Max darstellen, das Pferd des Ritters Volker."

Anschließend gingen sie gemeinsam zu dem Gebäude, in dem die Auktion stattfinden würde. In einem Vorraum waren die Gegenstände ausgestellt, die an diesem Tag versteigert werden sollten.

„Die Mäuse!", flüsterte Lilly aufgeregt.

„Alle neune!“, stellte Nikolas mit einem giftigen Unterton fest. „Das heißt, da ist tatsächlich sogar noch eine dabei, von der wir gar nicht wussten, dass sie fehlt.“

„Psst“, machte Lilly, „nicht so laut! Wir wollen uns doch nicht jetzt noch verraten.“

Nein, das wollten sie auf keinen Fall. Sie wollten aussehen wie ganz normale Auktionsbesucher, und deshalb hatte Papa sich vorsichtshalber schon ein Bieterkärtchen geholt. Damit konnte man anzeigen, dass man einen Gegenstand kaufen wollte. Der Auktionator rief dann immer den jeweils aktuellen Preis auf, weil in bestimmten Schritten gesteigert wurde.

Nach und nach füllte sich der Saal, und Lilly und Nikolas sahen sich vorsichtig um, denn sie wollten unbedingt wissen, ob sich der Mäusedieb vielleicht auch im Raum befand.

„Ich glaube, ihr sucht vergeblich“, raunte Mama ihnen zu. „Das wird genau der Plan gewesen sein. Der Dieb lässt die Mäuse auf einer Auktion versteigern, damit er selbst nicht als Verkäufer in Erscheinung treten muss und einen möglichst hohen Preis erzielt.“

Nun waren die Kinder doch ein wenig enttäuscht. Sie hatten so gehofft, dass der Dieb seine gerechte Strafe bekäme.

„Als erster Gegenstand kommt zum Aufruf eine Bronzeskulptur von Gernot Rumpf“, verkündete der Auktionator gerade. „Sie ist ein echtes Einzelstück und allein deshalb schon sehr wertvoll. Der Startpreis liegt bei 300 Euro.“

„Hat Melanie nicht gesagt, diese Skulpturen sind mehrere Tausend Euro wert?“, fragte Nikolas.

„Das sind sie bestimmt“, antwortete Papa, „wenn man sie legal erwirbt. Diebesgut wird häufig zu einem niedrigeren Preis angeboten, damit man überhaupt Käufer dafür findet.“

Inzwischen ging die Auktion auch schon weiter. Eine Frau hatte den Mindestpreis geboten.

„Wer bietet mehr als 300 Euro?“, fragte der Auktionator, und ein Mann in der zweiten Reihe hob seine Karte. „Der Herr bietet also 400 Euro“, ertönte es aus dem Lautsprecher, „bietet jemand mehr als 400 Euro?“ Wieder hob die Frau ihre Karte, und der Auktionator sagte: „500 Euro von der Dame in der fünften Reihe. Geht jemand darüber?“ Nein, der Herr in der zweiten Reihe hob seine Karte nicht mehr. Offenbar wurde ihm das Mäuschen jetzt zu teuer.

Deshalb verkündete der Auktionator über sein Mikrofon: „500 Euro sind geboten. Bietet niemand mehr? Es ist wirklich eine gute Geldanlage. Wenn niemand mehr bieten möchte ...“ Er hob seinen Holzhammer und rief: „500 Euro zum Ersten, 500 Euro zum Zweiten und 500 Euro zum ...“ Weiter kam er nicht, denn noch ehe der Hammer auf dem Pult auftreffen konnte, legten sich Handschellen um die Handgelenke des Auktionators. Klick.

Ein Raunen ging durch den Saal, und der Mann, der dem Auktionator die Handschellen angelegt hatte, trat ans Mikrofon: „Meine sehr verehrten Damen und Herren, die Auktion ist hiermit beendet. Soweit wir es überblicken können, sind alle Gegenstände, die heute versteigert werden sollten, gestohlen, und Sie möchten sich doch sicher nicht der Hehlerei schuldig machen, oder?“

„Hehlerei?“ Lilly sah Papa fragend an.

„So heißt das, wenn jemand gestohlene Dinge kauft oder verkauft, und auch das ist strafbar. Nur darum konnte die Polizei heute hier zuschlagen."
„Hast du sie etwa geholt?", wollte Nikolas nun wissen.
„Natürlich", antwortete Papa. „Wir konnten doch nicht riskieren, dass die Mäuse wirklich verkauft werden und in irgendwelchen Wohnzimmervitrinen landen. So kommen sie auf jeden Fall wieder an die Brunnen zurück."
„Cool!", meinte Nikolas anerkennend und war wirklich stolz auf seinen Papa, der das so klug eingefädelt hatte. Dann fiel ihm noch etwas ein: „Aber haben sich die Leute, die gerade auf die erste Maus geboten haben, nicht schon strafbar gemacht? Du hast doch gesagt, es ist auch verboten, solche Waren zu kaufen."
„Das ist völlig richtig", erklärte Papa. „Aber vielleicht wussten sie ja nicht, dass sie gestohlene Figuren kaufen. Da bei ihnen nicht die Gefahr bestand, dass sie hätten flüchten können, waren da wohl keine Handschellen nötig. Trotzdem müssen sie nun erst einmal mit aufs Polizeirevier. Aus ihrer Aussage wird sich dann ergeben, ob sie wussten, dass sie gestohlene Ware kaufen wollten, oder ob sie einfach unüberlegt gehandelt haben."
„Ist das nicht egal?", wollte Nikolas wissen. „Strafbar ist es doch trotzdem." Lilly fügte hinzu: „Opa sagt immer: ‚Unwissenheit schützt vor Strafe nicht.'"
„Da ist auf jeden Fall was dran", meinte Papa, „auch wenn sich Opas Sprüche sicher nicht immer auf das moderne Strafrecht übertragen lassen. Aber die Strafe kann sehr unterschiedlich ausfallen – je

nachdem, ob man wissentlich etwas Verbotenes tut oder eben nicht."

„Das ist ja clever", fand Lilly, „und gerechter ist es auf jeden Fall."

Nachdem sie den Polizisten ihre Adresse für weitere Nachfragen dagelassen hatten, machten sie sich beruhigt auf den Heimweg.

Natürlich riefen sie über die Freisprecheinrichtung im Auto sofort Melanie und Fabian an und erzählten ihnen ganz genau, wie sie die Mäuse gerade noch vor dem Verkauf gerettet hatten.

Einige Zeit später wurde die Familie noch einmal auf das Polizeirevier zu Hause bestellt, um ihre Zeugenaussagen zu machen. Dabei erfuhren sie auch, woher der Papierschnipsel mit den Buchstaben und der Zahl gekommen war, der sie auf die richtige Spur geführt hatte. Der Dieb hatte sich die Katalognummer von Schotter & Söhne aufgeschrieben, damit er sie nicht vergisst. Allerdings hatte er nicht bemerkt, dass seine Jackentasche ein Loch hatte, und so war ihm der Zettel abhandengekommen.

Als die Ermittlungen abgeschlossen waren, bekamen Lilly, Nikolas und Fabian jeweils ein Dankesschreiben von der Polizei, weil diese nur durch die Aufmerksamkeit der Kinder einem Dieb auf die Schliche gekommen war, den sie schon vor einigen Jahren vergeblich gesucht hatte. In der Zwischenzeit war er tatsächlich nicht aktiv gewesen, weil er von dem erbeuteten Geld leben konnte. Nun waren diese Mittel jedoch aufgebraucht gewesen, und er hatte beschlossen, wieder nach seiner alten Masche zu verfahren, weil diese damals so gut funktioniert hatte. Die schwarzen Katzen waren sozusagen sein Markenzeichen, und je länger es ihm gelang, die Polizei an der Nase herumzuführen, umso breiter wurde das Grinsen der Tiere auf den Graffitis.

„Jetzt haben wir ihm aber einen dicken Strich durch die Rechnung gemacht“, freute sich Nikolas. „Schade nur, dass Fabian das große Finale verpasst hat.“

„Wenn wir später unser Detektivbüro LFN so richtig aufbauen, ist er ja wieder dabei. Dann hängen wir dieses Schreiben an die Wand, damit unsere Kunden gleich sehen, dass sie uns vertrauen können“, sagte Lilly stolz, und Nikolas nickte.

– Ende –

- **Japanischer Garten Kaiserslautern**
  Am Abendsberg 1
  67657 Kaiserslautern
  0631/3706600
  www.japanischergarten.de
- **Gartenschau Kaiserslautern**
  Lauterstraße 51
  67659 Kaiserslautern
  0631/710070
  www.gartenschau-kl.de
- **Burg Lemberg**
  Führungen auf der Burg
  Südwestpfalz Gästeführungen Anke Vogel
  Nordring 59, 66953 Pirmasens
  06331/62124 oder 0152/21664944
  www.g-ig.de bzw. www.burg-lemberg.de
- **Dom zu Speyer**
  Domplatz
  67346 Speyer
  06232/102140
  www.dom-zu-speyer.de

- **Sea Life Speyer**
  Im Hafenbecken 5
  67346 Speyer
  06232/69780
  www.visitsealife.com/de/speyer

- **Technik Museum Speyer**
  Am Technik Museum 1
  67346 Speyer
  06232/67080
  www.speyer.technik-museum.de

- **Gedächtniskirche der Protestation**
  Martin-Luther-King-Weg 1
  67346 Speyer
  06232/2890077
  www.gedaechtniskirchengemeinde.de

- **Reichsburg Trifels**
  Trifelsstraße
  76855 Annweiler
  06346/8470
  www.reichsburg-trifels.de

- **Zoo Landau**
  Hindenburgstraße 12
  76829 Landau in der Pfalz
  06341/137010
  www.zoo-landau.de

- **Reptilium Terrarien- und Wüstenzoo**
  Werner-Heisenberg-Straße 1
  76829 Landau in der Pfalz
  06341/51000
  www.reptilium-landau.de

- **S** [illegible]
  Kurtalstraße 27
  76887 Bad Bergzabern
  06343/934010
  www.suedpfalz-therme.de
- **De** [illegible]
  Venninger Straße 1
  67480 Edenkoben
  06323/9884080
  www.de-baecker-becker.de
- **Pfalzmuseum für Naturkunde**
  Hermann-Schäfer-Straße 17
  67098 Bad Dürkheim
  06322/94130
  www.pfalzmuseum.de
- **Schloss- und Festungsruine Hardenburg**
  Kaiserslauterer Str. 393
  67098 Bad Dürkheim
  06322/7530
  www.schloss-hardenburg.de
- **Freizeitbad Salinarium Bad Dürkheim**
  Kurbrunnenstraße 28
  67098 Bad Dürkheim
  06322/935865
  www.salinarium.de
- **Hambacher Schloss**
  Schlossstraße
  67434 Neustadt an der Weinstraße
  06321/926290
  www.hambacher-schloss.de

(Alle Angaben ohne Gewähr)

Außerdem bei Biber & Butzemann

Nicole Grom / Steffi Bieber-Geske
ABENTEUER IM LAND DER WIKINGER
LILLY UND NIKOLAS UNTERWEGS ZWISCHEN SCHLESWIG, KIEL UND FLENSBURG
Biber & Butzemann

ABENTEUER AN DER LÜBECKER BUCHT
Kerstin Groeper/ Steffi Bieber-Geske
RETTUNG FÜR DIE FLEDERMÄUSE
Lilly, Nikolas und die Ostseeindianer
illustriert von Vivien Schmidt
Biber & Butzemann

NEUE ABENTEUER AUF RÜGEN
LILLY, NIKOLAS UND DAS KRANICHEI
Steffi Bieber-Geske
Biber & Butzemann

Steffi Bieber-Geske / Kerstin Groeper
ABENTEUER AUF FISCHLAND-DARß-ZINGST
LILLY, NIKOLAS UND DIE SEENOTRETTER
Biber & Butzemann

SAGENHAFTE FERIEN AUF USEDOM
LILLY, NIKOLAS UND DAS GEHEIMNIS DER VERSUNKENEN STADT
Steffi Bieber-Geske / Kerstin Groeper
Illustrationen von Sabrina Pohle
Biber & Butzemann

Steffi Bieber-Geske | Sabrina Pohle
Abenteuer an der Mecklenburgischen Ostsee
Lilly, Nikolas und das Geheimnis des Buddelschiffs
Biber & Butzemann

SANDRA LEHMANN
MATTI UND MAX
ABENTEUER AUF KRETA
Biber & Butzemann

SANDRA LEHMANN
MATTI UND MAX
ABENTEUER IN NEW YORK
Biber & Butzemann

SANDRA LEHMANN
MATTI UND MAX
ABENTEUER IN BERLIN
Biber & Butzemann

Zahlreiche weitere Kinderbücher aus ganz Deutschland finden Sie unter www.biber-butzemann.de

Die Autorin

Carola Jürchott wurde 1970 in Berlin geboren. Sie studierte an der Humboldt-Universität sowie in Moskau und ist seit 1998 als freie Übersetzerin und Diplom-Dolmetscherin für Russisch und Bulgarisch tätig. 2013 erschien ihr erstes Kinderbuch, dem viele weitere folgen sollten. Zu ihren wichtigsten Themen gehören Geschichten über andere Länder, Städte und Regionen. In verschiedenen Sammelbänden sind auch ihre Märchen für Kinder und Erwachsene zu finden.

Die Illustratorin

Sabrina Pohle, Jahrgang 1984, stammt aus Sachsen-Anhalt und entdeckte in ihrer frühen Jugend ihr Interesse am Zeichnen, aus dem sich über die Jahre eine Leidenschaft für Illustration und sequenzielle Kunst entwickelte. Sie experimentierte zunächst viel mit traditionellen Maltechniken und Materialien wie Aquarell, Kohle und Pastellkreiden. Seit einiger Zeit nutzt die Mutter eines Sohnes auch digitale Medien, um ihre Werke zu erstellen. Die studierte Japanologin arbeitet als freiberufliche Illustratorin in Hamburg und hat bereits zahlreiche Kinderbücher illustriert.